琼 瑶

作 品 大 全 集

翦翦风

琼瑶 著

作家出版社

琼瑶，本名陈喆、作家、编剧、作词人、影视制作人。原籍湖南衡阳，1938年生于四川成都，1949年随父母由大陆赴台生活。16岁时以笔名心如发表小说《云影》，25岁时出版首部长篇小说《窗外》。多年来笔耕不辍，代表作包括《烟雨蒙蒙》《几度夕阳红》《彩云飞》《海鸥飞处》《心有千千结》《一帘幽梦》《在水一方》《我是一片云》《庭院深深》等。

多部作品先后改编成为电影及电视剧，琼瑶也因此步入影视产业。《六个梦》系列、《梅花三弄》系列、《还珠格格》系列等，影响至深，成为几代读者与观众共同的记忆。

琼瑶以流畅优美的文笔，编织了众多曲折动人的故事。其作品以对于梦的憧憬和爱的执着，与大众流行文化紧密结合，风靡半个多世纪，成为华文世界中极重要的文学经典。

我为爱而生，我为爱而写

文字里度过多少春夏秋冬

文字里留下多少青春浪漫

人世间虽然没有天长地久

故事里火花燃烧爱也依旧

复禄

第一章

　　不知怎么，我们这一群人居然又都聚集在一块儿了，闹哄哄地挤满了我的小书房，竟比下帖子请来的还齐全。大概有十年没有这样的盛会了，十年间，我搬过七八次家，难得他们还找得到我的住址，更难得他们会不请自来。何况，这还是个下着毛毛雨的、冷飕飕的冬夜！

　　我在房间中生了一盆炭火，不为了怕冷，就为了喜欢那份"围炉"的情调。炉火烧得很旺，映红了每一个人的脸，再加上大家兴奋地谈话和笑闹，使我这间平日冷冷清清的小房间突然增加了不少的生气。紫云和彤云这一对姐妹仍然是形影不离，相亲相爱的。当初祖望和她们姐妹二人的"三角"故事早已成为过去，现在祖望和紫云都已结婚七年了，彤云也嫁了一个"圈外人"，不属于我们这个圈圈里的。还好，今天她没有把那个"圈外人"带来，否则总有一份生疏和尴尬。祖望坐在一边，还是那份笑吟吟、好脾气的样儿，只是，鼻梁上多了一副近视眼镜，显得深沉了许多，本来嘛，他已经是两个孩子的爸爸了。

小张、小俞、小何是一道来的，这三剑客在十年后的今天，依然是三剑客，而且依然打着光杆，听说几个月前，他们还在一块儿做"当街追女孩子"的游戏，看来要"老天真"到底了。本来我们当初都希望纫兰能够和他们之间的一个结合，谁知这三剑客友谊胜过爱情，竟然你推我让地推了两三年，直到纫兰也嫁了个"圈外人"，他们才跌足捶胸地互相抱怨不已。现在，纫兰已经有个六岁大的女儿了，人也发胖了，却比以前多了一份成熟的美，坐在我们之中，还是那么文文静静的不爱说话。她是被怀冰拉来的，怀冰和谷风这一对理想夫妻，该是我们这个圈圈里最没经过风暴、最一帆风顺，也最恩爱的一对了。

忽然间来了这么多客人，确实使我有些手忙脚乱，倒茶倒水、瓜子牛肉干地忙个不停。偏偏大家虽然都是超过三十岁的人了，吃起东西来依然不减当年，使我这个主人简直忙不完。最后还是怀冰拉了我一把说："你就坐下吧！你真要张罗吃的，就是有十个贮藏室也不够，三剑客吃起东西来那股穷凶极恶劲儿，我是领教够了！"

"怎么，"小俞立即对怀冰瞪了瞪眼，"在你家吃过几顿饭，你就嫌我们了，是不是？再怎么穷凶极恶，也没把你家吃穷呀！你和谷风是越发达，反倒越小气了！"

"好了好了！"谷风插进来说，"别人说一句，小俞总要拉扯上一大堆……"

"瞧，帮凶的来了，"小俞嚷着，"不是妇唱夫随，就是夫唱妇随，你们这一对呀，真是……"

"天造地设！"小张接口说。

"别吵了吧！"紫云提高嗓子说，"就是三剑客顶要命，走到哪儿就吵到哪儿，每次要谈正经事都是被他们吵混掉了，说有多讨厌就有多讨厌……"

"怎么了？"小何用手抓抓头，还是他那副毛手毛脚的老样子，"看来我们很不受欢迎嘛，干脆咱们走吧！"

"不许走！"彤云喊，"事情没讨论完谁也不许走！"她环室看了一眼，问："人都到齐了没有？"

"还少了水孩儿和无事忙！"祖望慢条斯理地说。

"有没有人通知过他们？"

"我通知过。"小俞举了举手。

"那么我们再等一等吧！"纫兰说。

"等一等？等谁？"一个声音在书房门口响起，我抬起头来，无事忙正披着件湿淋淋的雨衣，神气活现地站在那儿，他的后面，我那个傻好人般的小下女秀子笑态可掬地报告着："小姐，又有客人。"

秀子在我这儿做了两年，从来没有遇到过这种场面，她显然有点兴奋得过了头。迎进了无事忙，小何劈头就是一句："你这人怎么了？总是迟到！难道你太太又进了产房了？"

无事忙原名是吴士良，只为了他永远慌慌张张，像个大头苍蝇般飞来飞去，却忙不出个所以然来，所以大家给了他个绰号叫无事忙。六年前他结了婚，娶了个农村小姐，他该是我们这一群里最勇于"生产"的一个，婚后，他的夫人在六年间一连给他生了五个孩子。据说，从此他就和尿布、奶瓶什么的结了不解之缘，无事忙早就应该改作"有事忙"了。

"别挖苦人，行不行？"无事忙脱下雨衣，甩了一屋子的水，炉火也沾了几滴，发出"嗤嗤"的轻响。他这才看见了炉火，大发现似的叫着："好呀！好火！外面冷得可够受！"望着我，他说："蓝采，你还是我们中间最懂得生活的一个！"

"坐下吧！别站在那儿弄得人心慌！"怀冰推了一张椅子给他，问，"你太太好吗？"

"不好。"无事忙坐了下来，毫不考虑地说。

"怎么？"怀冰皱皱眉。

"流产了一个孩子。"

"啊呀，我的天！"彤云叫着，"你怎么还要孩子呀！"

"增产报国呀！"无事忙苦着脸说。

"呸！见鬼！"彤云咒了一句。

"言归正传，"无事忙说，"你们不是叫我来讨论怎么欢迎柯梦南的吗？柯梦南这小子真'神'起来了，今天整个报纸的第三版都是他要回来的消息嘛！"

"当然啦，"小俞说，"他现在是出了名的声乐家了！"

"我早就知道他会有今天的，"祖望接了口，"他始终是我们这圈圈里最不平凡的一个。"

"不要扯得太远，"无事忙一股紧张的样子，"到底我们准备怎样欢迎他？"

"别忙，"小张说，"水孩儿怎么还没来？"

像是答复小张的问话，秀子在门口高叫着："小姐，又有客人！"

水孩儿轻轻盈盈地走了进来，十年间她的变化最大，结过婚，离过婚，出了国，又回了国。但是，她仍然如水般清灵秀气，一袭全黑的丝绒旗袍，薄施脂粉，没有戴任何装饰品，却使满屋子一亮。

"怎么，"她向满屋扫了一眼，"都到齐了？"

"可不是，"祖望说，"除去出了国的小魏和老蔡，结了婚就失去消息的美玲——"

"还有就是——"纫兰慢吞吞地说，"柯梦南。"

"还有——"祖望的声音更轻，"何飞飞。"

柯梦南？何飞飞？时间要倒退到十二年前。

第二章

我们毕业于同一所男女合校的中学。

我还记得在毕业典礼上，我们大家所唱的毕业歌：

> 歌声凄，琴声低，
>
> 无言诉心迹，
>
> 数年聚，深相契，
>
> 一朝远别离，
>
> 远别离，莫唏嘘，
>
> 身虽别，心相依……

我们含着泪唱，带着满怀的迷茫和凄恻来唱。对于前途，我们的困惑多于兴奋，因为我们不是一所著名的中学，换言之，不是一个升学率很高的中学，但是，对于别离，我们都不胜怆恻，我想，没有比我们这个班级更合作的班级，也没有比我们感情更好的班级了。当毕业典礼结束之后，我们散在操场和走廊上，大家都恓恓惶惶的，没有喜悦，没有兴奋，只有空虚和哀愁。

在班上，我和怀冰的感情最好，那天，坐在操场旁的大榕树下面，我们默默相对，想得很多，想得很远。三年的高中生活，苦多于乐，大家都期望早些毕业，但是，一旦毕业了，却又都不愿意接受毕业的事实。就在我们相对无言的时候，何飞飞来了，迈着轻快的步子，她连蹦带跳地走到我们身边，脸颊被太阳晒得绯红，额上挂着汗珠，眼睛里流露着兴奋和愉快，她浑身找不着一点儿颓丧的气息，无论是什么时候，她永远是那样无忧无虑！站在我们面前，她叫着说："怀冰，蓝采，别那么长吁短叹的，快站起来，我有一个伟大的提议！"

"什么提议？"我不大带劲儿，何飞飞的提议绝对不会"伟大"，如果不是要捉弄人，就是要开玩笑，她仿佛一生都没有正经过。

"我提议我们永远不要分开！"

"嗬！"怀冰喊了一声，"你的提议确实伟大！"

"真是！你们别那样阴阳怪气！"何飞飞急了，圆圆的脸涨得更红。"我告诉你们，我们征求大家的意见，以后不论我们考到什么学校，我们要永远联系，尽量利用假日，大家聚在一块儿，郊游也好，谈天也好，野餐也好，反正，每隔十天八天，我们就聚会一次，这样，我们不是永远不会分开了吗？"

"好计划！"谷风走了过来，叫着说，"我加入一个！"

"我也加入！"祖望伸出了手，"大家握手吧！"

"别漏掉我们！"是外号叫三剑客的小俞、小张和小何，他们也伸出了手，搭在我们的手上面。

"还有我！"是无事忙。

"还有我们！"是紫云和彤云。

"还有我！"

"还有我！"

"还有我！"

顿时，人从各个角落里拥了过来，一只只的手搭了上去，叠成高高的一摞。

就这样，我们这个"圈圈"成立了。刚开始，我们拥有三十几个人，几乎全班都加入了。但是，大专联考之后，有的考到南部去了，有的没有考上大学，就不愿意再和旧日同学见面了，有的自然而然地就失去了联络。到最后，我们这个圈圈维持了固定的人数，一共有十五六个人。

那是最不知道忧愁的年龄，那也是忧愁最多的年龄，那是不知天高地厚却妄想征服宇宙的时期。我们已经属于不同的大学，也有的失学在家，但是每次只要招呼一声下次聚会的时间地点，大家就会准时地来了。我们在一块儿疯，一块儿笑，一块儿闹，一块儿游山玩水、谈天说地、嬉笑怒骂，也一块儿"捉捉恋爱的迷藏"。

"捉捉恋爱的迷藏"这句话，是何飞飞发明的，我总觉得这句话在文法上有点问题。但是，何飞飞发明的话，十句有八句在文法上都讲不通，在意思上却表达得再贴切也没有，于是，久而久之，大家也不挑她的毛病了，反而都顺理成章地引用起"何飞飞"式语法来。"捉捉恋爱的迷藏"是指那时的情况，十五六个男男女女的青年在一块儿玩，总有点微妙，今天，甲对乙献了殷勤，明天，乙又和丙特别亲热，后天，丙说不定又和丁来往密切。何飞飞常私下对我说："瞧，整个就像演戏，谁知道若干年后，咱们这场戏会演成个什么局面？"

当然，谁知道呢？我们谁都不会知道，我们也不想知道，我们只是尽情享受着属于我们的欢乐。至今，我仍然怀疑，当初何飞飞说这句话的时候，是不是已有某种预感？是不是她自己已知道她将扮演的角色？当时，她是我们这一群里最会闹、最无忧无虑、最爱笑爱吵的一个，无论何时何地，只要有她在，老远就可以听到她旁若无人的笑声和叫声："哈哈，真滑稽，滑稽得要死掉了！"

"真滑稽"和"要死掉了"都是她的口头语，就不知道她怎么会有那么多事情"真滑稽"和"要死掉了"。她看到水里有条鱼也是"真滑稽"，看到一个老农夫也是

"真滑稽"，看到一朵花开得很漂亮也是"真滑稽"，反正，一切需要用感叹词的句子，到她那儿就变成了"真滑稽"。尤其，后来她发现"滑稽"两个字在古时正确的发音应该念作"骨稽"的，她就左一声"真骨稽"，右一声"真骨稽"的，听得我们可真是"骨（滑）稽"极了。水孩儿常常对她说："你就别骨（滑）稽了吧！还是滑稽吧！"

她会把大圆眼睛一瞪，鼻子皱成了一堆，嚷着说："真骨稽！你这个滑稽才真骨稽透了呢！以错的来改对的，简直骨稽！"

这几个"滑稽""骨稽"，弄得我们可真又"骨稽"又"滑稽"，每次都笑得肚子痛。何飞飞还有个特别本领，就是别人不笑的时候她笑得开心，别人都笑的时候她反而紧绷着个脸儿一点也不笑。每次我们好不容易笑停了，一看到她那副实在正经不起来却又一本正经的"骨稽"样子，就又忍不住地要笑。看我们笑得前俯后仰的，她倒经常纳闷地用手托着腮，百思不解地说："怎么就那么好笑呢？真骨稽！"

何飞飞就是这样一个人，老实说，她是我们大家的宠儿，有她在，空气永远不会沉闷；有她在，人人都觉得开心。男孩子们喜欢她，女孩子们也喜欢她。但是，对于她的调皮捣蛋，却常常叫人吃不消，尤其是想追求她的男孩子，常被她捉弄得下不来台。有一次，小魏在她耳边不知道讲了一句什么，她一个劲儿地点头，也在小魏的耳边说了几句悄悄话。那一整天，小魏始终兴奋得眉飞色舞，眼光就绕着何飞飞转。而我们，都分别得到了何飞飞的暗示："晚上小魏请看电影，国际戏院门口集合，大家一起去！"

我们都是爱开玩笑的，也是唯恐天下不乱的，因此，当小魏兴冲冲地赶到国际戏院门口时，他看到的是黑压压的一大群人，足足有十五个。再也没有一个时刻小魏的脸色是那样尴尬的，瞪大了眼睛，他讷讷地说："这……这……这是怎么？"

"你不是请看电影吗？"何飞飞做出一股诧异的样子来，"难道你忘记买票了？我已经帮你约了大家，一共十六个人，你赶快买票吧！"

"这……这……"小魏急得说不出话来，只是用手抓着头，但是何飞飞却一脸正经，丝毫没有开玩笑的样子，因此他也不敢冒昧，半天才可怜兮兮地说："我请了大家吗？"

"你是的，"何飞飞板着脸说，"你还不买票，在等什么？你叫我通知大家的。"

"你——你没有听错吗？"小魏结舌地问。

"胡说八道！"何飞飞竖起了眉毛，很可怕的样子，"难道你想冤大家白跑一趟吗？做人不能这样做的。都快开演了，你到底是买票还是不买票？"

"好，好，好，我买，我买，我买。"小魏一迭连声地说，慌忙去买了票（据说，用掉了他一个月的零用钱）。而何飞飞呢？早躲到一边，笑了个前俯后仰。事后，小魏咬牙切齿地说："这个鬼丫头，总有一天，她也被人捉弄一下才好呢！"可是，何飞飞是不容易被人捉弄的，她太机灵了，太灵巧了，而她又是那样一派天真和惹人喜爱，谁会忍心去捉弄她呢？除非是命运。

　　我们就是这样爱闹的一群，但是，柯梦南并不属于我们这一群，他是后来才加入的。

第三章

那是一个夏天的晚上，我们全体到谷风家里去玩。

谷风可以说是一个天之骄子，他有个身跨政教两界的、有名的父亲，和一个慈祥而好脾气的母亲，在他上面有三个姐姐，都已经出嫁，他是家中唯一的男孩子，又是最小的，得宠的情况就可想而知了。家庭的环境好，他口袋里常有用不完的钱，他又慷慨好客，所以特别得人缘。我们最喜欢到他家里聚会，为了他家那无人干涉的大客厅，和那些准备充足的零食。

那天的天气很热，气压很低，他们预料会有一场豪雨，可是一直到晚上，雨都没有下下来。幸好谷风家的客厅里有冷气，这比瓜子牛肉干更受欢迎。我和怀冰坐在一块儿，人差不多都到齐了，室内一片笑语喧哗，这使我有些感触，从小我就怕寂寞，喜欢人多的地方，但是到了人多的地方，我又会有种莫名其妙的、想逃避的感觉。这应该和我的家庭环境有关，妈妈在我六岁那年和爸爸离婚，爸爸带走了哥哥，妈妈带着我。一直到现在，我们就母女二人相依为命。妈妈始终没有再婚，并不是没有机会，而是为了我，她常说："没有人会和我一样爱你，蓝采。"

妈妈为我而不再结婚，而我大了，开始有自己的生活、自己的欢乐，我没有很多的时间去陪伴妈妈。因此，每当我在人群中欢笑的时候，我会想起妈妈，想起家中那简单而燠热的小斗室，想起那一屋子的寂寞。怀冰常说我看起来很深沉、很稳重，但又是最心软的人，因为我很容易流泪，任何一点小事，都会让我掉眼泪的。她总说："蓝采，你外表很坚强，其实你是我们里面最女性的一个，比水孩儿还女性。"

水孩儿原名叫陈琳，但是没人叫她名字，大家都叫她绰号，这绰号也是何飞飞叫出来的。在我们这一群中，水孩儿是长得最美的一个，她的皮肤最好，又细又嫩，像掐得出水来，再加上，她有一对"水汪汪"的眼睛，有一份"水汪汪"的笑和"水汪汪"的说话。这一连三个"水汪汪"都是"何飞飞式"的形容词，那还是远在高中的时候，一次旅行中，何飞飞说过的："奇怪，陈琳的眼睛是水汪汪的，笑也是水汪汪的，说话也是水汪汪的，简直就像个水孩儿！"

从此，"水孩儿"这个绰号就叫出来了。她也是我们这个小团体中的宠儿，但她的"得宠"和何飞飞完全不同，何飞飞是被大家当作一件很好玩很稀奇的玩意儿一样喜爱着的，水孩儿呢，男孩子对她都怀着一种敬慕的情愫，女孩子则把她当作个小玻璃人般保护着，怕把她碰坏了，怕把她碰碎了。

　　她们两人的情形，现在在客厅中就可以看出来，大家几乎分成了两组，一组以水孩儿为中心，一组以何飞飞为中心。

　　水孩儿的那组安安静静地围着唱机听音乐，何飞飞这组却高谈阔论，指手画脚地讨论着什么，中间夹着何飞飞尖声大叫："我说我行！我就是行！"

　　"什么事情她行？"我问怀冰。

　　"三剑客说用单脚站着，一面打圈圈，一面蹲下来很难做到，她硬说她行！"怀冰笑着说，"瞧吧，她一天不要宝，一天就不舒服，我打赌她又要有精彩表演了。"

　　"你要是做得到呀，"三剑客之一的小俞喊着，"我就在地上滚，从客厅里一直滚到大街上去！"他是动不动就要和人打赌，一打赌就是要"滚"的。

　　"你说话算不算话？"何飞飞用手叉着腰问。

　　"不算话的在地下滚！"他还是"滚"。

　　"好吧！大家作证啊！他要是不滚的话我把他捺在地下让他滚！"何飞飞嚷着，"让开一点，看我来！我才不信这有什么难的！"

大家笑着让开了，何飞飞跑到客厅中间的地毯上站着，伸直了一条腿，金鸡独立，慢慢地转着圈子，慢慢地往下蹲，小俞在一边直着喉咙喊："要蹲慢一点，蹲快了不算数！"

还没有蹲到一半，何飞飞的脸已经涨红了，眼珠也突出来了，额上的汗直往眉毛上淌。她还要逞能继续蹲下去，纫兰在我身边叫着说："叫她别做了吧，这是何苦呢！"

"我能做！我能做！"何飞飞喘着气喊，"你看我这就完成了！"

她真的"接近"完成了，但是，在那一刹那，我们就听见何飞飞"哎哟"的一声尖叫，接着"扑通"一声，她整个人都滚倒在地毯上了。大家哄然大笑了起来，小俞长长地吹了声响亮的口哨，笑着喊："精彩！精彩！真精彩！"

我赶过去扶何飞飞，可是她起不来了，躺在地上，她用手按着腿叫："哎哟，我的腿抽筋了！哎哟！"

她的腿有抽筋的老毛病。纫兰、水孩儿、彤云、紫云都跑了过来，大家围着她，又帮她按摩，又帮她拉扯，她则耸着鼻子，皱着眉头，一脸滑稽兮兮的苦相，嘴里不停地哼哼。

纫兰又笑又怜地说："叫你不要试嘛，你偏要试，你瞧这是何苦！"

"哎哟，难过死了！哎哟，哎哟！"何飞飞最不能忍疼，龇牙咧嘴地叫个不停，怀冰捧了一瓶酒精来，谷风又忙着去找药棉，想用酒精擦拭。大家围着她，七嘴八舌地出着主意，又都忍不住要笑，就在这乱成一团的时候，门开了，祖望带着一个陌生人走了进来。

"嗨！我给你们带来了一个新朋友，他是……"祖望一进门就嚷着，接着，他的话就咽住了，诧异地瞪着眼睛说，"怎么，出了命案了吗？"

"何飞飞淘气，"谷风说，"脚又抽筋了！"

"用酒精试了没有？"祖望问。

"这不就在试吗？"小魏说。

"用力拉一拉说不定就好了！"小俞说。

"我来抱住她的身子，小俞来拉她的腿。"小何说，存心想讨便宜。

"你敢！"何飞飞大叫，恶狠狠地瞪着小何，"你们三剑客没有一个是好东西！"说着，她咧咧嘴，大概赌输了就够不服气了，腿抽筋又相当难受，再加上被大家嘲笑，她竟然要哭了。

水孩儿慌忙揽住她，一迭连声地说："别哭呀，可别哭呀，哭了就不好意思了！"

"瞧！"彤云对三剑客跺了跺脚，"就是你们闹的！"

"开玩笑也要有个分寸，"紫云接了口，紫云和彤云这对姐妹感情出名地好，无论干什么都站在一条阵线上。"人家已经抽筋了你们还要开玩笑！"

"好，好，"小何说，"算我说错了，怎么样？"他看出事态闹严重了，有些紧张，"其实都是小俞不好！"

何飞飞的嘴咧得更厉害了，想哭又不好意思哭，勉勉强强地忍着。大家一面安慰她，一面骂小俞。小俞被骂急了，嚷着说："好了，何飞飞，就算我输了，我在地上滚怎么样？"

"要一直滚到大街上。"何飞飞噘着嘴说，小俞这句话对她的安抚作用显然很大。

"这……个……"小俞面有难色，紫云狠狠地踩了他一脚，他痛得大叫了一声，连忙说："好，好，好，就滚到大街上。"

"好啊！大家作证，你可不许赖！"何飞飞欢呼着，从地上一跃而起，笑嘻嘻地说。她的什么抽筋啦，眼泪啦，都不知去向了。小俞瞪着眼睛喊："什么？你的抽筋是假的呀！"

我们大家面面相觑，想不到都被何飞飞唬住了，接着，我们就爆发般地大笑了起来，指着何飞飞又笑又骂。而何飞飞呢，她正一脸正经，毫不客气地揪着小俞的衣服，一迭连声地说："滚！滚！滚！你滚！马上滚！"

"这不行！"小俞气得吹胡子瞪眼睛，"这简直赖皮！"

"你才赖皮呢！"何飞飞喊，"大家都听到你说要滚的，不管！你今天非滚不可！"

"小俞，你就滚吧！"纫兰说，"看样子，你不滚是无法交账了。"

于是，小俞在大家的起哄之下，真的滚了，他用手抱着头，从客厅中一路滚到客厅门口，大家笑得弯腰驼背，气喘不已，何飞飞倒在沙发上喊："哎哟！真骨稽！真骨稽得要死掉了。"

小俞从地上跳起来，对何飞飞弯弯腰说："小姐，希望有一天你真的抽筋抽死掉才好呢！"

"谢谢你的祝福。"何飞飞也弯弯腰说。

大家又笑了起来。我看看何飞飞，不知道怎么，对于她和小俞的玩笑感到有点不舒服。回过头去，我的眼光无意地接触到一个人，一个陌生的人，他站在那儿，高高的个子，略嫌瘦削的脸庞，有对很深沉的眼睛。他正在微笑，望着这乱成一团的人群微笑，他的笑容里有种感动的、热情的和欣羡的味道。于是，我说："祖望，我们忽略了你带来的客人了。"

大家都止住了笑闹，不由自主地抬起头来，望着那个陌生人，室内有一瞬间的寂静，那个陌生人仿佛成为一个要人一般，变成大家注意的目标。但是，他站在那儿，有种从容不迫的安详，有份控制全域的力量，他还带着他那个微笑，对大家轻轻地点了点头，说："我的名字叫柯梦南，是南柯一梦其中的三个字。"

"南柯一梦？"何飞飞歪了歪头，望着他说，"你一定有个很诗意的、很有学问的爸爸。"

"正相反，"他笑着，笑得很含蓄，"我的父亲是个医生。"

"他一定把人生'透视'过了，也'解剖'过了，才会给你取这样的名字。"我冲口而出地说。

"是吗？"他凝视了我一下，有股深思的神情，"不过，我并不认为如此，他是个好医生，透视和解剖的都是人体，不是人生。"他又微笑了，不知怎么，我觉得他的笑容里有一丝悲哀的味道。

"天啦，蓝采，"何飞飞打断了我，"你们总不至于要讨论人生吧，那可太煞风景了。我们来玩吧！"她站起来，伸手给柯梦南，"欢迎你加入，柯一梦。"

"不，是柯梦南。"柯梦南更正着。

"柯梦南？"何飞飞耸了耸肩，"好，就算是柯梦南吧，我们也一样欢迎，"她回头望着大家说，"不是吗？"

当然啦。我们是唯恐没有人参加呢！就这样，柯梦南加入了我们。

第四章

　　柯梦南是祖望的同学，同校而不同系，祖望学的是文学，柯梦南学的是音乐，两个人所学不同，性格也不同，真不知道怎么会成为好朋友的。柯梦南刚到我们这个圈圈里来的时候，和我们并不见得很合得来。他不太爱讲话，总是微笑地坐在一边，静静地望着别人笑和闹，仿佛他只是一个观众，一个与大家无关的人物。何飞飞曾经扮着鬼脸对我说："柯梦南这人可以去演侦探片，你看他那副莫测高深的样子，好像他超人一等似的。"

　　柯梦南确实有点与众不同，他不像别的男孩子那样衣着随便、拖拖拉拉，他总是穿得整整洁洁的。他也不会在大庭广众之下旁若无人地高谈阔论。总之，他和我们之间有段距离，我们都知道他家的经济情况非常好，他又是独子，所以，他的生活态度就过分"上流"了。

人的习惯是很难打破的，他无法很快地被我们同化，我们也无法很快地喜欢他，直到有一天，一切都改观了。

那是个月夜，夏天的晚上，城市里燠热得像个大蒸笼。于是，我们一齐跑到碧潭去划船。柯梦南也去了。水面上凉爽极了，月亮又好，有如诗如画的情调。我们包了一条大船、四条小船，一共有十五六个人，在水面组成了一支庞大的队伍。

我们让大船在前面走，四条小船用绳子连在一块儿，只有两边两条船的人负责划，缓缓地跟在后面。月明星稀，桨声打击着水面，声音规律地响着。我们没有喝酒，但是都有了醉意。那模糊的山影，那闪着月光、星光的潭水，那份说不出来的静谧和安详的气氛，我们不知不觉地安静了，不笑了，也不闹了。

就在这时，柯梦南忽然轻轻地吹起口哨来，他的口哨吹得非常好，悠长、绵邈而高低起伏。他吹的是一个陌生的调子，我们都没听过，但是非常悦耳。那晚的月光、山影、树影、船声、桨声，都已经具有魔幻的色彩，他的口哨就更具有催眠般的力量。那么优雅抑扬，那么宁静潇洒，那么无拘无束。他吹了很久，最后一声长而高亢的音调之后，他停止了。一切都静静的，包括山、树、月光和我们。没有人说什么，我们自然而然地接受了他的口哨，也自然而然地接受了他的停止。船走进了一片山的暗影中，船头摇桨的老头子扶着桨睡着了。

不知道静了多久，祖望打破了岑寂，他安安静静地说："柯梦南，唱支歌吧！"

柯梦南没有答复，没说好，也没说不好，于是，祖望又说："唱一支吧！为了我们。"

他轻轻地哼了起来，哼了几声，他又停了。船篷上悬着一盏灯，是个玻璃罩子，里面燃着一支小小的蜡烛。他抬起头来，凝视着那盏小灯。灯光微弱地射在他的脸上，他的眼睛炯炯地发着光，脸上带着种生动的、易感的神情，灯影在他的脸上摇晃，造成一份朦胧的感觉。我们大家都不由自主地望着他，并非期盼他的歌，只是下意识的。他的面容看起来非常动人，充满了感情，充满了灵性，充满了某种不寻常的温柔。

接着，他就引吭高歌了起来，在这以前，我们从不知道他有这么好的歌喉，那支歌我们都没有听过，动人极了，有撼人心魄的力量，一开始就把我们都震撼住了。歌词是这样的：

有人告诉我，
这世界属于我，
在浩瀚的人海中，
我却失落了我。

有人告诉我，

欢乐属于我，

走遍了天涯海角，

所有的笑痕里都没有我。

有人告诉我，

阳光普照着我，

我寻找了又寻找，

阳光下也没有我。

我在何处？何处有我？

谁能告诉我？

我在何处？如何寻觅？

谁能告诉我？

谁能告诉我？

谁能告诉我？

　　他的歌声里带着那么强烈的感情和冲击的力量，我们都听呆了。最后那一连三声"谁能告诉我？"一声比一声的力量强，一声比一声的声调高亢，那样豪迈，又那样苍凉地在水面荡开来，又在山谷间回荡。我们屏住气息，谁也说不出话来，仿佛他的歌是什么魔法，把我们都禁住了，好半天，无事忙才迸出一声大叫："好歌！"

　　于是，我们都鼓起掌来，叫着，喊着，有一种大发现般的兴奋，有一份莫名其妙的激动，整个人群都陷在骚动中，小船上的人往大船上爬，大船上的人跑前跑后，把柯梦南包围在人群中间。这一场骚动足足持续了十分钟，大家才逐渐安静了。柯梦南摆脱了我们的围绕，一个人走到船头去坐了下来，船已经漂出了山的阴影，而暴露在月光下，他整个人都浴在月光之中，面容有激动后的平静，几乎是一种肃穆的表情。那时，他在我们的眼光中，已不是一个人，而是一个神了。

何飞飞挤到前面去，满脸感动地问："谁教你唱这支歌?"

"没有人教我。"柯梦南轻轻地说。

"谁作的词?"紫云问。

"我。"他简单地回答。

"谁作的曲?"何飞飞问。

"也是我。"

大家静了静，有点怀疑，有点不信任，却有更多的崇拜。

而他坐在那儿，很安详，很宁静，脸上没有丝毫的骄矜，仿佛他自己作词和作曲都是一件很自然的事情。月光在他面庞的凸出部分镶上了一道银边，他浑身都带着感情，这感情充沛得似乎他一身都容纳不了，而从他的眼底唇边满溢了出来。

我悄悄地走开了，那歌词和歌声那么令我激动，这月光和夜色又如此令我感动，我不知怎么竟想流泪，非常想流泪。

我独自走向船尾，坐在那儿，呆呆地望着水面星星点点的反光，眼睛里湿漉漉的。我的身后，大家仍然围绕着柯梦南问长问短，是一片喜悦的、热情的、激动的喧哗之声。

然后，柯梦南又开始唱歌了，这次是一支很缠绵、很温柔的歌，他的歌喉很富磁性，咬字也很清楚，唱起来特别动听，歌词中有几句是这样的：

> 我曾有数不清的梦，
> 每个梦中都有你，
> 我曾有数不清的幻想，
> 每个幻想中都有你，
> 我曾几百度祈祷，
> 祈祷命运创造出神奇，
> 让我看到你，听到你，得到你，
> 让我诉一诉我的心曲，我的痴迷。
> 只是啊，只是——你在哪里？

我轻轻地拭去了滚落在颊上的一颗泪珠。谁是他歌中的那个"你"？谁是？那该是个幸运儿，该是个值得羡慕、值得嫉妒的人，不是吗？只是啊，只是——她在哪里？

柯梦南的歌赢得了一片疯狂的掌声，大家的热情都被他勾了起来，大家叫着、喊着、闹着，一直到撑船的老船夫严正地提出抗议，说我们要把船弄翻了。

那晚接下来的时光都充满了欢愉，充满了热情和喜悦。柯梦南唱出了瘾，何况又有那么多的知音在欣赏，在鼓掌，在期盼。他唱了许多支歌，有现成的，有他自己编的。后来我们知道他有多方面的音乐天分，除了唱以外，他还会钢琴、吉他和口琴。那晚他唱得非常开心，唱得山都醉了、月都醉了、水都醉了。最后，碧潭的游人都散了，水面上就剩下我们这一组人，我们也唱起来了，唱了一支非常孩子气的歌：

> 当我们同在一起，
>
> 在一起，在一起，
>
> 当我们同在一起，
>
> 其快乐无比！
>
> 你对着我笑嘻嘻，
>
> 我对着你笑哈哈，
>
> 当我们同在一起，
>
> 其快乐无比！……

第五章

　　每次在欢愉的倦游之后回到家里，总对妈妈有种抱歉的情绪，我是那样地怕孤独和寂寞，难道妈妈不怕？尤其是晚上回家的时候，不论多晚，妈妈总在灯下等着，永远是那样一幅画面，书桌上一灯荧荧，妈妈戴着她的近视眼镜，在灯下批改她学生的作业本。一本，一本，又一本，红墨水、笔记簿、教科书，就这样地带走妈妈的岁月，一年，一年，又一年。童年的时期，我是懵懂的，我不大能体会妈妈的寂寞和悲哀。而今，我大了，我虽能体会，却无法弥补妈妈生活里的空虚，甚至于，连多留一点陪伴她的时间都很难，只为了我的自私，世界上没有几个儿女的爱是可以和母亲的爱来对比的。

　　"妈！"走进妈的房间，抛下了手提包，我有欢愉后的疲倦，"你在等我？"

"不，"妈妈望望我，带着股省察的味道，"我有这么多本子要改，反正不能早睡。"

"等我毕业了，妈就别教书了，我做事来奉养你。"我笑着说。

"那我做什么呢？"妈淡淡地问，"不做事在家当老废物吗？我可不愿意。"

"妈是劳苦命，永远闲不下来。"我说，滚倒在妈的床上，慵懒和困倦立即从四肢往身体上爬，眼睛沉重得睁不开来。伸展着双手和双腿，我眯着眼睛注视着天花板，那上面有着吊灯的影子，模糊而朦胧。

"玩得开心吗？"妈走了过来，坐在床边上，摩挲着我的手，深深地望着我。

"很开心，妈妈。"

"有知心的男朋友了？"妈不在意似的问，把我额前的一绺短发拂到后面去。

"有。"

"告诉我。"

"有好多。"

"傻瓜！"妈说。

我跳起来，揽住妈的脖子，亲她，吻她。

"妈，"我说，"我好爱好爱你，你爱我吗？"

"傻瓜！"妈又说，"在外面人模人样的，回到家里来就变成只有三岁大了。"

"你宠的，妈。你惯坏了我，你知道？"

"怎么？"

我坐起来，屈起膝，用手抱住腿，把下巴放在膝盖上，沉思了一会儿，我说："我想我不会恋爱。"

"为什么？"妈似乎有些吃惊。

"我梦想得太多，我需要全心全意的关怀。我理想中的男人是个很不可能有的人物，是要有深度的，又要风趣的，要是解人的，又不乏味的，而且，还要他是疯狂地爱我的，还要是——有才气的！"

"太贪了，蓝采。"妈说，"你常玩的那一群里有这样的人吗？"

"没有——"我忽然顿了一下，真的没有吗？我有点困惑，有点迷茫，"我是说——多半没有。"

"那么，或者也有了？"妈问，凝视着我的脸。

"我不知道，妈。"我忽然有些心烦意乱起来，为什么？我似乎失去了一向的平静和安详，"妈，你为什么和爸爸离婚？"

"哦，"妈有些意外，仿佛遭遇到一下突然的攻击，"因为我和他在一起不快乐。"她停了停，轻轻地咬了一下嘴唇，她的眼睛里突然飞来两片阴影。好半天，她才文不对题地说了一句："蓝采，什么都是不重要的，只要你跟他在一起快乐，只要他是真心爱你，你也真心爱他，这就是一个最好的婚姻物件了。记住我一句话，蓝采，婚姻中最忌讳的，是第三者的影子。你的爱人必须整个是你的，你们才可能有幸福，懂吗？"

"不太懂，妈。"

妈妈站起身来，走到桌边去翻弄着未改的练习本，没有看我，她轻轻地说："你爸爸心里始终有另外一个女人。"

我怔住，妈很少和我谈爸爸的事，这是一个我所不知道的故事。

"告诉我，妈妈。"

"你该去睡了。"妈抬起头来，匆匆地说，"你明天早上不是还有课吗？"

"但是，告诉我，妈妈，那个女人是谁？"

妈妈望了望我，欲言又止，我静静地看着她，终于，她说了出来："是你的阿姨，我的亲姐姐。"

"那他为什么当初不娶她呢？"

"因为她死了，"妈妈注视着台灯，"得不到的往往是最好的。"

这是一个很简单的故事，很简单的婚姻悲剧。我呆呆地坐在那儿，妈妈的影子被灯光射在墙上，瘦长而孤独，我心中涌起一股说不出来的情绪，酸酸的，涩涩的。好一会儿，妈妈忽然回过头来望着我："你怎么还不去睡觉，蓝采？快去吧！"我从床上站了起来，顺从地走向门口，到了房门口，我又站住了，回过头来，我问："还有一句话，妈妈，你爱不爱爸爸？"

妈妈望着我，眼光里有着深刻的悲哀。

"我如果不爱他，怎会嫁给他呢？"

"可是——"我愣愣地说，"那你为什么要离婚？"

"你不懂，蓝采，长期去和一个看不见的第三者竞争太苦了，而且，同床异梦的生活比离婚更悲哀。婚姻是不能错的，一开始错了，就再也不能挽回了。"

"可是——妈妈！……"

"你这孩子今天怎么了？"妈妈忽然醒悟到什么似的说，"干吗一直问个不停？"她探索地研究着我，"你们今晚到哪儿去玩了，还是那个姓谷的家里吗？"

"你说谷风？不是的，我们到碧潭去了。"

"怎么玩的？"

"划船，唱歌。"

"那——那个谷风，人很风趣吧？"

"噢！"我叫了起来，"好妈妈，你想到哪儿去了？谷风和怀冰才是一对呢，我打包票他们今年会订婚。"

"那么，那个祖——祖什么？"

"祖望！"我打鼻子里哼出一口长气，"他正在追求彤云，不过，紫云好像也蛮喜欢他的！"

"那么，那个瘦瘦的、姓吴的呢？"妈妈挖空心机思索着我们那个圈圈中的名单。

"是无事忙吗？"我笑了，"他倒蛮好玩的，就是有点像个小丑!"

"那么,你们有什么新朋友加入了吗?"

"噢!"我喉咙里哽了一下,跑过去,我亲了亲妈妈,笑着说,"好妈妈,你想发掘什么秘密吗?你像审犯人似的!再见,妈妈,我可真要睡了。"

抓起我丢在妈妈桌上的手提包,我向门口跑去,妈妈带着个深思的微笑目送着我。我带上了妈妈的房门,走向自己的卧室。扭亮了台灯,我开始换睡衣,一面换,一面轻轻地哼着歌儿,哼了好半天,我才发现我哼得很不成调儿,而且,发现我哼的句子居然是:

> 我曾有数不清的梦,
>
> 每个梦中都有你,
>
> 我曾有数不清的幻想,
>
> 每个幻想中都有你,
>
> 我曾几百度祈祷,
>
> 祈祷命运创造出神奇,
>
> 让我看到你,听到你,得到你,
>
> 让我诉一诉我的心曲,我的痴迷。
>
> 只是啊,只是——你在哪里?

我猛然停住了口,从镜子中瞪视着自己,我看到一张困惑的脸,有着惊愕迷茫的眼睛和傻愣愣、微张着的嘴。

第六章

秋天不知不觉地来了。

那天，我们又在谷风家里聚会。我到晚了，我到的时候其他的人都到齐了。何飞飞正在人群中间，不知道为什么笑得前俯后仰。柯梦南坐在一个角落里在弹吉他，水孩儿坐在他身边和他低低地谈着什么。三剑客他们跟纫兰、美玲、紫云、祖望等正谈得高兴，到处都是闹哄哄的，充满了一片欢愉。我一走进去，彤云就向我走了过来，拉拉我的衣服说："蓝采，我有事情要和你商量。"

我们走出了客厅，来到花园里的喷水池旁，彤云低垂着头，显得一副心事重重的样子，好半天，才说："蓝采，你帮我拿拿主意，祖望最近缠我缠得很紧，你说怎么办好？"

"恭喜恭喜，"我笑着说，"什么怎么办？你请我们吃糖不就好了！"

"别说笑话，人家跟你谈正经的，"彤云皱了皱眉头，"你一定知道的，我对祖望……"她有些不知从何说起才好，坐在喷水池的边缘，她看起来非常烦恼，"我想我并不爱他。"

"怎样？"

"事实上，紫云比我喜欢他。"

我心头一震，不由自主地想起了妈妈的故事，拉着彤云的手，我说："别把恋爱当儿戏，你们姐妹一定要把感情弄弄清楚，爱人不像衣服一样，姐妹两个可以混着穿的。"

"我知道，"彤云急急地说，"所以我很烦。"

"但是，你也不必因为紫云喜欢他，你就想避开呀，"我说，"那可能造成更大的悲剧。"

"你不懂，"彤云说，"我真的并不爱祖望，他是个老实人，是个忠厚人，但并不是我理想中的爱人。他太温文了，不够活泼，不够出众。你明白吗？"她望着我，眼睛里充满了复杂的感情。"我想，我很肤浅，我比较崇拜英雄。"

"你肯定你不爱祖望？"我问，"你以前不是说过还喜欢他吗？"

"那是以前，"她垂下了眼帘，低低地说，"而且，喜欢和恋爱是不同的，那完全是两种感情。"

"那么，"我说，"你还是坦白告诉祖望，绝了他的念头吧！"

我忽然醒悟到什么，望着彤云，我问："你是不是另外爱上了谁？"

她仿佛震动了一下，瞪了我一眼说："别胡扯了！哪有那么容易就爱上人呢！"从喷水池边站了起来，我们向客厅门口走去，一边走，彤云一边问："你说，蓝采，我要不要告诉紫云？"

"我想——"我沉思了一下，"你就告诉她你不爱祖望就行了！别让她误解你是因为她而怎么样的。假若你和祖望真的吹了，我希望紫云和祖望能够成功，其实他们也是蛮好的一对，紫云很温柔，又很多情。"

"我也是这样想。"彤云说。

我们回到了客厅里，在人群中坐了下来，祖望的眼光已经敏锐地扫向了我们，显然他在人群中搜寻彤云已经很久了。

紫云在和三剑客开玩笑，但，她的眼光也对我们转了转，又很快地飘向祖望。这是一幕无声的默剧，我目睹这一切，心中浮起一股说不出的隐忧。真的，像何飞飞所说，谁知道若干年后，咱们的戏会演成怎样的局面？

三剑客之一的小张正在室内高谈阔论，谈他追求一个女孩子的经过，我们进去的时候，他已经叙述到最高潮："……我最后一次去找她，心想不能像以前那种方式了，必须出奇制胜，谁知仍然出师不利，我见了她之后，两个人总共只讲了三句话……"他咽住了，两条向下垮的眉毛皱拢在一起，刚好是个规规矩矩的"八"字。何飞飞催着说："哪三句话？别卖关子，快说。然后让我们帮你检讨一下，错误出在什么地方？"

"我第一句话呀，"小张慢吞吞地说，"是用眼睛说的，我给了她一个深情的注视。我第二句话呀，是用嘴唇说的，我给了她闪电的一吻。她回复了我第三句话，是用手说的……"他拉长了声调，愁眉苦脸地说，"她给了我一个狠狠的耳光！"

大家哄堂大笑起来，笑得腰都弯了，笑得肚子痛，笑得眼泪直流。只有小张自己和何飞飞两个人不笑，小张是故意做出一股失意的样子来，何飞飞则一本正经地追问："然后呢？然后呢？"

"然后？还有然后呀？"小张吼着说，"然后我就捂着脸跑了！难道还站在那儿等她的第四句话吗？"

大家又笑了起来，笑得天翻地覆，笑得不亦乐乎，小张在大家的笑声中，直着喉咙喊："我告诉你们这么悲惨的故事，你们怎么丝毫不同情，反而笑个不停呢？简直不是朋友！简直不是朋友！"

他越喊，大家就越笑，好不容易才笑停了。何飞飞已经在转着眼珠想新花样了："别笑了，别笑了，我们来玩个什么游戏好吧?"

"我们来接故事吧。"柯梦南说,仍然拨弄着吉他,伸长着腿,有股悠闲自在的味儿。

接故事是由一个人起句,然后绕着圈子轮流接下去,一人说一句,接成一个故事,这是我们常玩的一个游戏,常常会接出许多意料之外的故事来。何飞飞歪着头想了想,说:"变点花样吧,我们这次接故事,每句话的最后一个字要和前一句最后一个字叶韵,像作诗一样,否则太简单了,也玩腻了。"

"我退出,"小俞首先反对,"什么叫'韵'我都不懂,这不是游戏,简直是难为人嘛!"

"我也退出,"无事忙说,"我学的是数学,不是文学。"

"这倒很别致的。"水孩儿说,"我觉得不妨接一个试试,不必太严格,只要叶韵就行了。"

"我也赞成,说不定很有趣。"紫云说。

"不成,不成,我退出。"小俞喊。

"什么退出?"何飞飞凶巴巴地瞪着他,"不许退出,谁要退出就开除他!"

"姑且接一个试试看吧!"柯梦南打圆场,他的声音不高不低的、从从容容的,却平息了满屋子的争论。

"谁开始第一句?"彤云说,"蓝采,你起头吧,最后一个字注意一下,要选同韵的字多的才行。"

我看看窗外,有风,秋天的晚上,还有点凉意,于是，我起了第一句："窗外吹起了秋风。"

我下面轮到小张接，他涨红了脸，抓耳挠腮地念着："风，风，风，什么字跟风字是叶韵的？有了！"他如获至宝地大声念："我看到一只蜜蜂。"

"胡闹！"何飞飞叫，"秋天哪里有蜜蜂？而且和头一句完全接不到一块儿。"

"就算他可以吧，"祖望说，"下面是彤云了。"

彤云想了想，说："嗡嗡嗡。"

"这是什么玩意儿？"小俞问。

"蜜蜂叫呀！"彤云说，"该何飞飞了。"

"震得我耳朵发聋。"何飞飞笑着说。

"什么，一只蜜蜂就把你的耳朵震得发聋了？"小魏大叫，"你这是什么耳朵？"

"特别敏感的耳朵。"何飞飞边笑边说，"别打岔，该无事忙接了。"

"我投降，"无事忙说，"我接不出来！"

"不许投降！"何飞飞叫，"非接不可！"

"那么——那么——那么——"无事忙翻着白眼，面对着天花板，突然灵感来了，大声说，"我就运起了内功。"

"噗"一声，小魏正喝了一口茶，喷了一地毯的水，大家都笑了起来，小魏被水呛着了，一边笑，一边咳，一边说："我的天呀，被一只蜜蜂震得耳朵发聋，还要运起内功来抵抗，这个人可真有出息。"

"你别笑，就该你接了。"何飞飞说。

"涨得我满脸发红。"小魏说。

"气得我发疯。"小何接。

大家又笑了，七嘴八舌地研究这只蜜蜂怎么会如此厉害，下面该水孩儿接，不料她竟接出一句："于是我大喊公公。"

"什么？"何飞飞问，"喊公公干吗？"

"帮忙对付大蜜蜂呀！"水孩儿说。

大家已经笑成一团了，笑得气都出不来，一边笑，一边接了下去："公公说：'原来只是一只小虫，你真是饭桶！'"老蔡接的。

"我一听，气得全身抖动，大叫'不通！不通！'"祖望接着说。

该柯梦南了，他慢慢地在吉他上拨了拨，说："'公公，你怎么帮小虫？你居然比小虫还凶！'"

"哎哟，不行不行，我笑得出不来气了。"纫兰叫着，滚倒在水孩儿身上，水孩儿抱着她，把头埋在她衣服里，两人笑成了一堆。何飞飞笑得摔倒在地毯上了，彤云弄翻了茶杯，祖望打翻了瓜子盘，一时间，摔了的，折了腰的，叫肚子痛的，喘不过气来的，乱成了一团，叫成了一团，笑成了一团。

好不容易，大家笑停了，下面该小俞接，他面红耳赤地说："'我要把你一刀送终！'"

"把谁送终?"祖望问。

"公公呀!"小俞说,"他比小虫还凶嘛!"

大家又笑,何飞飞嚷着说:"我不行了,我笑得肚子痛了,谁有散利痛,我受不了!骨稽得要死掉了!"

大概是这句话给了纫兰灵感,她接着说:"公公说:'慢来,慢来,让我先吃片散利痛!'"

"什么?"小俞喊,"我看这一老一小都是神经病院里逃出来的呢!居然要先吃散利痛再来挨刀子!"

大家都已经笑得话都说不清楚了,一面笑,一面胡乱地接了下去:"我发现公公原来是个老颠东。"

"真是太没用。"

"我就向前冲。"

"只听到一片声音:'碰碰碰!'"

"我的刀子不管用。"

"反而被公公打得浑身发痛。"

"还大骂我是不良儿童。"

"我只好跪在地当中。"

"哭得个泪眼蒙眬。"

"那时候天色忽然变得烟雨蒙蒙。"

该何飞飞了,她边笑,边喘气,边说:"从窗口爬进了一条大恐龙!"

"胡闹!胡闹!胡闹!"大家笑着叫,"这是什么故事,简直不像话!乱接一气,真是乱接一气,原来的蜜蜂到哪儿去了？现在怎么恐龙也出来了！"

这故事接到这儿已经完全不像话了，真冤枉我一开始起的头，"窗外吹起了秋风"会带出这么一个荒谬的故事，真是出人意表。何飞飞这只恐龙一出来，大家更接不下去了，结果，还是柯梦南不慌不忙地接了一句："这一惊吓醒了我的南柯一梦！"

谁都没想到他会接出这么一句来，很技巧地结束了这个故事，而把整个荒谬的情节都变成了一个梦。更技巧的是，他把自己的名字嵌了进去，大家会过意来，不禁都拍着手叫好。

柯梦南笑了笑，没说什么，他开始弹起吉他，唱起一支歌来。

那是一支很细致很缠绵的抒情歌，大家本来都笑得过了火，是很需要调剂一下了，他的歌把我们带进了另外一个境界，大家都自然而然地安静了。坐在那儿，入迷地听着他的歌声，他唱得那样地生动、那样地富有情感，我们都听得出神了。

他的歌唱完了，大家爆发地响起一阵掌声。水孩儿不声不响地走到我的身边坐下，对我低低地说："蓝采，你觉不觉得，我们这圈圈里有一半的女孩子都对柯梦南着迷了？"

我心里一动，望着水孩儿那张姣好的脸，如果有一半女孩子倾心于柯梦南，恐怕也起码有一半男孩子倾心于水孩儿吧!

"包括你吗?"我笑着问。

"我?"水孩儿对我笑笑,反问了一句,"你看像吗?"

"有一点儿。"我说。

"算了吧!"她摇了摇头,"我不爱凑热闹!"

"什么热闹?"何飞飞抓住了一个话尾巴,大声地插进来问,"我可最爱凑热闹了,有什么热闹,告诉我,让我去凑!"

我和水孩儿都笑了,水孩儿拉过何飞飞来,拧了拧她的脸说:"你要凑吗?这热闹可是你最不爱凑的!"

"真骨稽!"何飞飞大叫,"任何热闹我都要凑,连癞蛤蟆打架我都爱看!"

"你真要凑这个热闹吗?那么我告诉你吧!"水孩儿拉下何飞飞的身子,在她的耳朵边叽咕了两句,话还没说完,就听到何飞飞的一声大吼:"胡说八道!"

水孩儿笑弯了腰,大家都注意到我们了,柯梦南放下吉他,抬起头来问:"你们在笑什么?"

"水孩儿告诉我说……"何飞飞大声地说着,水孩儿急得喊了一声:"何飞飞!别十三点了!"

"好呀!"无事忙叫,"你们有秘密,那可不成,赶快公开来,水孩儿说些什么?"

"她说……她说……"何飞飞故意卖关子,一边笑,一边拉长了声音,"她说——她爱上了一个人!"

水孩儿跳了起来，做梦也没想到何飞飞表演了这样一手，不禁涨得满脸通红，又急又气，嘴里嚷着："何飞飞，你少鬼扯！"

但是，男孩子们开始起哄了，翻天了，又叫又嚷，要逼何飞飞说出是谁来。何飞飞则笑得翻天覆地，捧着肚子叫："哎哟！真骨稽，骨稽得要死掉了！"

"你别死掉，"无事忙说，"先告诉我们她爱上的是谁？"

"是——是——"何飞飞边笑边说。

"何飞飞，"水孩儿越急越显得好看，脸红得像谷风花园中的玫瑰，"你再要胡说八道，我可真要生气了。"

男孩子们起哄得更厉害，逼着何飞飞说，何飞飞笑得上气接不了下气，终于说了出来："是——是——是她爸爸！"

水孩儿吐出了一口长气，一脸的啼笑皆非。男孩子们气得吹胡子瞪眼睛，指着何飞飞又笑又骂，整个客厅里乱成一团。何飞飞又滚倒在地毯上了，抱着个靠垫直叫哎哟，一迭连声地喊："哎哟，真骨稽！哎哟，真骨稽！哎哟，真骨稽！"

"什么中国鸡，外国鸡，乌骨鸡的！"无事忙骂着说，"何飞飞，你这样捉弄人可不行，非罚你一下不可！"他回头望着大家说："大家的意见怎么样？"

"对！对！对！"大家吼着。

"罚我什么？"何飞飞平躺在地下，满脸的不在乎。

"随你，"无事忙说，"爬三圈，接个吻，都可以！"

"接个吻，和谁？"何飞飞从地上一跃而起，大感兴趣地问。

"和我！"无事忙存心要占便宜。

"好呀！"何飞飞真的跑过去，一把揽住他的脖子，却歪着头先打量了一下他说，"奇怪，你怎么长得不像个人呀，我从来不和动物接吻的！"

"去你的！"无事忙气得大骂着推开她。

何飞飞笑着一个旋转转了开去，她刚好转到柯梦南身边，停了下来，她弯下腰，毫不考虑地在柯梦南的面颊上吻了一下，抬起头来说："还是你长得像个人样！"

大家鼓起掌来，柯梦南有些发窘，他仍然不习惯于过分地开玩笑。望着何飞飞，他摇摇头说："何飞飞，什么时候你才能有点稳重样子呢！"

"等你向我求婚的时候！"何飞飞嬉皮笑脸地说。

大家都笑了，柯梦南也笑了，一面笑一面不以为然地摇着头。何飞飞早已一个旋转又转开了，跑去和紫云、彤云抢牛肉干吃。

就是这样，我们在一块儿，有数不清的欢笑和快乐，但是，谁又能知道，在欢笑的背后藏着些什么？

第七章

　　妈妈总说我是个梦想太多的女孩，虚幻而不务实际。我自己也有这种感觉，我常常会陷进一种空漠的冥想里，一坐数小时，不想动也不想说话。那年冬天，这种陷入冥想的情况更多了，我发觉我有些消沉，对什么都提不起劲来。我无法确知自己是怎么回事，一切都令我心烦，令我厌倦，连圈圈里的聚会，都不能引起我的兴趣了。

　　我把这种消沉归之于天气不好和下雨，那正是雨季，雨已经一连下了一个多月了。我自称这是"情绪的低潮"，认为过一阵就会好了，可是，过了一阵，我还是很不快乐。

　　妈妈为我非常担忧，不止一次，她望着我说："你是怎么了，蓝采？"

　　"没有什么，妈妈，只是因为天下雨。"

"天下雨会让你苍白吗？"妈妈说，"告诉我吧，你有什么心事？"

"真的没有，妈妈。"

"可是，我好久都没有看你笑过了。"妈妈忧愁地说，"而且，你也不对我撒娇了，我知道一定发生了什么事情，只是你瞒着我。"

"我发誓没有，妈妈。"我说，勉强地笑了笑，"你看我不是笑得蛮好吗？"

"你笑得比哭还难看呢！"妈妈凝视着我，"我觉得你是想哭一场呢！"

不知怎么，给妈妈这么一讲，我倒真的有些想哭了，眼圈热热的，没缘由的眼泪直往眼眶里冲。我咬了咬嘴唇，蹙紧了眉头，说："别说了，妈，我不知道自己是怎么回事，我只是有些心烦。你别管我吧，妈妈。"

"我怎么能不管你呢！"妈妈看来比我还烦恼，"除了你我还有什么，我一生最大的愿望就是希望你过得快乐呀！"

"噢，妈妈！"我喊，眼泪终于冲出了眼眶，用手揉着眼睛，我跺了一下脚说，"你干吗一定要逗我哭呢！"

"好了，好了，是我不好，"妈拍着我的肩膀说，"又变成小娃娃了。别哭了，去休息吧。我只是希望你快快活活的。好了，好了。"

给妈妈一安慰，我反而哭得更凶了，把头埋在妈妈怀里，我像个小孩一般哭得泪眼婆娑，妈妈也像哄孩子一样拍抚着我，不断地、喃喃地说些劝慰的话。好半天，我才停止了哭，坐在妈妈的膝前，我仰望着她，她的脸在我潮湿的眼光里仍然是朦朦胧胧的，但她的眼睛却是那样清亮和温柔。我忽然为自己的哭不好意思起来，毕竟我已经二十岁了呢！于是，我又带着些惭愧和抱歉的心情笑了起来。

我的哭和笑显然把妈妈都弄糊涂了，她抚摩着我的脸，带着个啼笑皆非的表情说："你这孩子是怎么了嘛，又哭又笑的！"

是怎么了？我自己也不知道。那一段时间里，就是那样没缘由地烦恼，没缘由地流泪，没缘由地消沉，没缘由地要哭又要笑。

一连两次，圈圈里的聚会我都没有参加，没什么原因，只是提不起兴致。然后，怀冰来了，一进门，她就拉着我的手，仔细地审视着我的脸说："你怎么了？"

怎么又是"怎么了"？怎么人人都问我"怎么了"？

"没什么呀！"我笑笑说。

"那么干吗两次都不来？你不来，有人要失望呢！"

"别胡说。"

"真的有人失望呢，"怀冰笑着，在我卧室的床沿上坐下来，"有人一直向我问起你。"

"谁？"我问。

"你关心了？"怀冰挑起了眉毛。

"别开玩笑，爱说不说！"我皱皱眉，"你也跟着何飞飞学坏了。"

"那么你不想知道是谁问起你呀！"

"是你不想说呀！"

"告诉你吧，"怀冰歪了歪头，"是柯梦南。"

我的心脏突然不受控制地乱蹦了几下，我想我的脸色一定变白了。

"乱讲！"我本能地说。

"乱讲的不是人。"怀冰说。

"他——怎么问的？"我望着窗子，从齿缝里低低地说。

"你'又'关心了？"怀冰的语气里充满了调侃。

"不说拉倒！"我站起来，想走。

"别跑！"她拉住我，"他呀，他一直问，蓝采到哪里去了？蓝采怎么不来？蓝采是不是生病了？他还问我你的地址呢！"

我看着窗子，我的心还是跳得那么猛，使我必须控制我的语调。轻描淡写地，我说："这也没有什么呀，值得你这么大惊小怪！"

"好，好，没什么，"怀冰仰躺在我床上说，"算我多管闲事！简直是狗咬吕洞宾！"沉默了一下，她又叫："蓝采！"

"怎么?"我走过去,坐在床沿上望着她。

"谷风说希望和我先订婚,你觉得怎样?"她望着天花板说。

"好呀!"我叫,"什么时候订婚?"

"别忙,"她说,"我还没答应呢。"

"为什么?"我有些诧异,"你们从高中的时候就相爱了,依我说,早就该订婚了。"

"本来是这样——"她怔了怔,说,"不过,这段婚姻会不会幸福呢?"

"你是怎么了?"我纳闷地说,"难道你不爱他?"

"我不爱他?!"她叫,眼睛里闪着光彩,脸颊因激动而发红,"我怎么会不爱他?从十五岁起,我心里就只有他一个人了,我怎么可能不爱他呢!"

"那么,你担心些什么?"

"我妈妈总对我说,选一个你爱的人做朋友,选一个爱你的人做丈夫。"她慢吞吞地说。

我"噗"一声笑了出来,拉着她的手说:"原来你有了丈夫还不够,还想要个男朋友!"

"别鬼扯了!"她打断我,"人家来跟你谈正事嘛!"

"你的事根本没什么可谈的,你爱谷风,谷风爱你,性情相投,门当户对,我不知道你在考虑些什么。"

"我只怕我太爱他了,将来反而不幸福。"她说,面颊红艳艳的,说不出来有多好看。她并非担心不幸,她是太幸福了，急得要找人分享。"你瞧，我平常对他千依百顺，一点也不忍心违逆他……"

"他对你又何尝不是！"我说。

"是吗？"她望着我，眼睛里的光彩在流转。

"你自己最清楚了，反而要来问我，"我笑着说，揽住了她的肩，"别傻了吧，怀冰，你选的这个人又是你爱的，又是爱你的，你正可以让他做你的丈夫，又做你的朋友，这不更理想了吗？"

"真的，"她凝视着我，带着个兴奋的微笑，"你是个聪明人，蓝采。"

"是吗？"我笑笑。

"好了，给你这么一说，我就放心了，"她开心地说，"但愿每个人都能得到每个人的那份爱情，蓝采，你可别失去你的那一份呀！"

"我没有爱上谁呀！"我说。

"你会爱上谁的，我知道。"

"你才不知道呢！"

"我知道。"她站起身来，"我要走了，蓝采。告诉你一句话，别躲着大家，我们都想你呢！"

"真的吗？"

"怎么不是真的，我们前几天还谈起呢，大家公认你是最奇怪的一个人，外表很沉默，可是，谁跟你接近了，就很容易地要把你引为知己。柯梦南说，你像一支红头火柴，碰到了谁都会发光发热。"

　　我一震，身体里似乎奔蹿过一阵热流。怀冰走向了房门口，我机械地跟着她走过去。她拍了拍我的肩膀，说："下星期日下午，我们在谷风家碰头！"

　　她走了。我倚着窗子站在那儿，窗外还是飘着雨丝，薄暮苍茫，雨雾迷蒙。我站了好久好久，忽然觉得雨并不那么讨厌了。

第八章

　　星期日，我准时到了谷风家里。

　　天还是下着雨，而且冷得怕人，可是谷风家里仍然高朋满座。最吸引人的，是客厅中那个大壁炉，正熊熊地烧着一炉好火，几乎二分之一的人都坐在壁炉前的地毯上，完全是一幅"冬日行乐图"。我一走进去，何飞飞就跳了起来，说："哈，蓝采，你成了稀客了。"

　　"怎么回事？"紫云也走过来问，"生病了？"

　　"是好像瘦了一点。"小俞说。

　　"而且脸色也不好。"祖望接口。

　　"坐到这儿来，蓝采，靠着火暖一点。"纫兰丢了一个靠垫在壁炉前，不由分说地拉着我过去。

　　"也别太靠近火，有炭气。"彤云说。

　　大家你一句我一句地包围着我，简直没有给我说话的机会。头一次，我发现大家对我这么好、这么关怀，竟使我感动得又有些想流泪了。他们拥着我，七嘴八舌地问候我，俨然我生了场大病似的，我私心里不禁喊了声惭愧，甚至很为自己没有真的病一场而遗憾。好不容易，我总算坐定了，水孩儿又拿了条毯子来，坚持要盖在我膝上，我不停地向她解说："我根本没有什么，我实在没生什么病……"

"别说了，"水孩儿打断我，"看你那么苍白，还要逞强呢！还不趁早给我乖乖地坐着。"

看样子，我生病早已经是"既成事实"，完全"不容分辩"了。我只好听凭他们安排，靠垫、毛毯、热水袋全来了，半天才弄清爽。我捧着热水袋，盖着毯子坐在那儿，浑身的不自在，何飞飞笑着说："这可像个病西施了。"

一直没有听到一个人的声音，我抬起头来，不由自主地在人群里搜寻，立即，像触电一般，我接触到了他的眼光，他坐在较远的沙发里，伸长着腿，一动也不动。但是，他那对炯炯有神的眸子却一瞬也不瞬地凝视着我。

我在那灼热的注视下低垂了头，大概坐得离火太近了，又加上热水袋和毯子什么的，我的脸开始可怕地发起烧来。我听到室内笑语喧哗，我听到何飞飞在鼓动大家做什么"三只脚"的游戏，但是我的脑子里昏昏沉沉的，对这一切都无法关心，脑子里只浮动着那对炯炯有神的眸子。

何飞飞和小俞他们开始玩起"三只脚"来，他们两个人站在一排，何飞飞的右脚和小俞的左脚绑在一起，成为一组，另一组是谷风和怀冰。站在客厅一堵墙边，他们两组开始比赛，向另一堵墙走去。大家欢呼着、叫着、吼着，给他们两组加油，但是，都没有走到一半，不知怎么，两组竟相撞了。只听到一片摔跤之声，大家摔成了一团，而旁观者笑成了一团。接着，大家都参加了游戏，变成五六组同时比赛。但，柯梦南还坐在那儿，他的眼光空空茫茫地望着窗外。

像一阵风般，何飞飞卷到柯梦南的身边，不由分说地拉着他的手："站起来，你这个大男人！坐在这儿干吗，起来！跟我一组，小俞不行，笨得像个猪！"

柯梦南无可奈何地站了起来，参加了游戏，满屋子的笑闹、尖叫、扑倒的声音。我默默地望着炉火，火焰在跳动着，木柴发出"啪"的响声，我有些神思恍惚，不知不觉地又陷进了空漠的冥想之中。

"还不舒服吗？"水孩儿走到我旁边坐下。

"根本没有不舒服。"我说。

"现在你的脸红了，有没有发烧？"

"火烤的。"

她看看正在游戏的人群，用手托着腮，也不知不觉地看得出神了，好半天，她轻轻地说："他多帅啊！"

"你说谁?"我问。

"柯梦南。"

我看着她,她也看着我,她的眼睛里有着笑意,仿佛她知道了什么秘密一般,我有些不自在起来。

"你爱上他了?"我问。

她耸耸肩,对我含蓄地一笑。

"记得吗?"她说,"我说过的,我不爱凑热闹。"

一声尖叫,我们都抬起头来,是何飞飞,她已经整个摔倒在地上,正好扑在柯梦南身上,两个人的腿绑在一起,谁都无法站起来。大家起哄了,都不肯去扶他们,反而鼓着掌叫好。何飞飞大骂着说:"混蛋!没一个好东西!"

"柯梦南,"小张说,"什么滋味?软玉温香抱满怀?"

何飞飞已经坐了起来,把绑着腿的绳子解开了,听到这句话,她手里的绳子"唰"的一声就扫向小张的脸,小张捧着脸大叫"哎哟",这一鞭显然"货真价实",小张的手好半天都放不下来。而何飞飞呢?她笑嘻嘻地把脸凑近小张,唱起一支歌来:"我手里拿着一条神鞭,好像是女王,轻轻打在你身上,听你喃喃歌唱!"

这是支牧羊女的歌,小张挨了打不算,还变成了羊了。他气呼呼地把手放了下来,逼近何飞飞,似乎想大骂一番。但是,他面对的是何飞飞那张笑吟吟的脸,甜蜜蜜的小嘴唇和那对亮晶晶、楚楚动人的眸子,他骂不出口了，叹了一口气，他掉转头说："何飞飞，你真是个最调皮、最可恶、最要命的人！"

"要谁的命啊？"何飞飞问。

"我的命，"小张愁眉苦脸地说，"我发现我爱上你了。"

"好呀！"何飞飞开心地说，"爱我的人也还不少呢！蓝采，"她望着我，"你说我不是值得骄傲吗？"然后，她兴高采烈地叫："我倒要统计一下，爱我的人举手！"

一下子，不管男男女女，大家的手都举了起来，一个也不缺。何飞飞的大眼睛眨巴眨巴的，轻轻地说："我要哭呢，我真的会哭呢！"

我站了起来，把她拉到我身边坐下，因为她的眼圈红了，这小妮子动了感情，我怕她真的会"哇"的一声大哭起来，她以前也表演过这么一次，突然动了感情就控制不住了。她顺从地坐在我身边，把头靠在我肩上，一时之间，竟变成个安安静静的小姑娘了。

室内有了几秒钟的寂静，大家都有些动感情。炉火烧得很旺，一室的温暖，一室的温情。然后，柯梦南开始唱起歌来，他是最能体会什么时候该唱的人，他唱得柔和生动，细致缠绵，大家都为之悠然神往。

他唱完了，室内又恢复了活泼。小俞开始大声吹起他追女朋友的笑话了。他们三剑客是经常在外面拦街追女孩子的，对于这个，他们还编了一首中英合璧的小诗：

在家没意思，

出门找 Miss，

Miss Miss Please，

Shut your eyes，

Open your mouth，

Give me a kiss！

何飞飞从我身边跳起来，她动感情的时间已经过去，她又加入大家的高谈阔论了。我也站起身来，走到唱机旁边去选唱片，我选了一张火鸟组曲，坐在唱机边静静地听着。好一会儿，有个人影忽然遮在我面前，我抬起头，是柯梦南。

我们对看了片刻，然后，他说："你喜欢音乐？"

"我喜欢一切美好的东西。"我说，"尤其是能令我感动的东西，一幅画，一首诗，或是一支歌。"

他点了点头，他的眼睛深沉而热烈。半晌，他又默默地走开了。

他走到沙发边，拿起了他的吉他。大家都围过来了，知道他要唱，于是，他唱了：

有多久没有听到过你的声音？

有多久没有见到过你的笑影？

有多久没有接触到你明亮的眼睛？

说不出我的思念，

说不出我的痴情，

说不出我的魂牵与梦萦。

暮暮、朝朝、深夜、黎明，

为你祝福，为你歌唱，为你低吟……

  我悄悄地关掉了唱机，静静地听着他的歌声，我受不了，我的眼泪已经涌出了眼眶。怎样的一支歌！但是，他为谁而唱？为谁？为谁？为谁？

  他的歌声仍然在室内回荡着：

为你祝福，为你歌唱，为你低吟，

暮暮、朝朝、深夜、黎明！

第
九
章

春天来临的时候，怀冰和谷风终于宣布要订婚了。

这是我们之间的第一桩喜讯，带给全体的人一阵狂飙似的振奋，恋爱也是具有传染性的，我们不但分润了怀冰和谷风的喜悦，也仿佛分润了他们的恋爱。那一阵子，女孩子们显得特别地妩媚动人，打扮得特别地明艳，男孩子们也围绕着女孩子转，眼光盯着女孩子们不放。一次，水孩儿对我说："你知道男生们在搞什么鬼吗？"

"怎么？"我问。

"他们有了秘密协定，把我们女生做了一个分配！"

"怎么讲？"我听不懂。

"他们规定出谁属于谁的，别人就不可以追，例如纫兰属于三剑客，彤云属于祖望，美玲属于老蔡……全给规定好了。他们还很团结呢，讲明了不属于自己的不追之外，还要帮别人忙呢！"

"哦？"我笑了，"你属于谁呢？"

水孩儿的脸红了红，她是动不动就要脸红的。

"我还没讲完呢，"她说，"他们还定出三个例外的人来，这三个例外的人是谁都可以追的，只要有本事追得上。"

"哪三个？"我感兴趣地问。

"何飞飞、我和你。"水孩儿说。

我有些失笑，想了想，我说："他们的意思是，认为我们三个最难对付？"

"不至于吧！"水孩儿的脸又红了，"你知道在背后他们称我们三个作什么？"

"我不知道。"

"三颗小珍珠。"

我的脸也发起烧来，她们两个倒也罢了，我居然也会忝列其中，实在有些惭愧呢！顿了顿，我说："你怎么会知道这些事的？"

"柯梦南告诉我的。"

"哦？"我怔了怔，"他把男孩子们的秘密都泄露给你吗？他岂不成了男生里的叛徒了。"

"他也不是有意的，只是闲谈的时候谈起来。"水孩儿的眼睛里汪着一潭水，有着流转的醉意。

"哦，是吗？"我淡淡地问，我明白了，懂了。柯梦南和水孩儿，上帝安排得很好，没有比他们更合适的一对了。以柯梦南的飘逸，配水孩儿的雅丽，谁也不会配不上谁。我说不出心中的感觉，冥冥中必定有神灵在安排人世间的姻缘，我服了。只是，我曾经有那么一个很可怜很可怜的梦哩！我该醒了，该醒了。

谷风和怀冰的订婚典礼决定在三月一日，那正是杜鹃盛放的季节。那天中午，他们预定是男女双方家长款待亲友，至于晚上，谷风说："那是属于我们圈圈里的，我们要举行一个狂欢舞会！"

"随便怎么疯，怎么闹都可以！"怀冰接口。

"通宵吗？"小俞问。

"好，就通宵！"谷风豪放地说。

"地点呢？"小张问。

"就在我家客厅里。"谷风说。

"我主张要特别一点才好，"祖望说，"平平凡凡的舞会没有意思。"

"来个化装舞会，怎么样？"何飞飞兴奋地嚷着说，"我每次在电影里看到化装舞会，都羡慕得要死，我们也来举行一个！想想看，大家穿得怪模怪样的，谁都认不出谁是谁来，那才真骨稽呢！"

"化装舞会？"纫兰说，"听起来倒不错，只是不太容易吧！服装啦，面具啦，哪儿去找？"

"嗨！好主意！化装舞会！"小何嚷着，"衣服简单，大家自己管自己的就行了，面具呢——"

"完全由我供应！"谷风说，"我准备几十个不同的面具，先来的人先挑选！"

"如果愿意自备面具的也可以！"怀冰说。

"好呀！化装舞会！"无事忙喊，"这才过瘾呢，我要化装成——"

"一只大苍蝇！"何飞飞接口。

"什么话！"无事忙对何飞飞瞪瞪眼睛，"你还化装成大蚊子呢！"

"我呀！"何飞飞兴致冲冲地转着眼珠，"我要化装成一个青面獠牙的——"

"母夜叉！"柯梦南冲口而出。

"怎么，柯梦南！"何飞飞大叫着，"你也学会开玩笑了？好吧，我就化装成母夜叉，假若你肯化装成无常鬼的话！"

"如果你们一个化装成母夜叉，一个化装成无常鬼，我就化装成牛魔王！"无事忙说。

"那我们三剑客可以化装成牛头马面和——"小何也开了口。

"阎罗王！"小俞说。

"哈！"柯梦南笑了，"我来作一个妖魔进行曲，我们也别叫化装舞会了，就叫作魔鬼大会串吧！"

大家都笑了，一边笑，一边讨论，越讨论越兴奋，越讨论越开心，都恨不得第二天就是谷风订婚的日子。最后，举行化装舞会是毫无异议地通过了。谷风要求大家要化装得认不出本来面目，"越新奇越好"。舞会结束之前，要选举出"化装得最成功"的人来，由未婚夫妇致赠一件特别奖品。

于是，这件事就成了定案，那一阵时间，我们都陷在化装舞会的兴奋里，大家见了面不谈别的，就谈化装舞会，但是大家都对自己要化装成什么样子保密，而热心地试探别人的装束，以避免雷同。

这件事对我而言，是非常伤脑筋的，以我的家庭环境和经济情况来论，一个化装舞会是太奢侈了。我考虑了很久，仍然没有决定自己要化装成什么，无论怎样化装，都需要一笔不太小的款项，而我总不能为了自己的娱乐，再增加妈妈的负担呀！

可是，妈妈主动地来为我解决问题了。

"你在烦恼些什么，蓝采？"妈妈问我。

"没有。妈妈。"我不想使妈妈为我操心。

"化装舞会，是吗？"妈妈笑吟吟地说。

"哦，你怎么知道？"我诧异地问。

"怎么会不知道呢？"妈妈笑得好温柔好温柔，"那天你的那个同学，什么水孩儿还是火孩儿的来了，和你关在房间里讨论了一个下午，左一声化装舞会，右一声化装舞会，叫得那么响，难道我听不见吗？"

"哦，"我眨了眨眼睛，"那么你都知道了？"

"当然。"

"那么我怎么办？"我开始求援了。

妈妈把我拉到她身边坐下，仔细地打量着我，过了好一会儿，她点点头，胸有成竹地说："你长得太秀气，不适合艳装，应该配合你的脸形和体态来化装。"

"怎样呢？"

"化装成一个天使吧，白色的袍子，银色的冠冕！"

"衣料呢？"我问。

"我们不缺少白窗纱呀！"妈妈笑着说，"再买点儿白缎子做边，买点银纸和假珍珠假水钻做皇冠，我们不用花什么钱呀，这不就成了吗？"

"噢！妈妈！"我会过意来，高兴地喊，"你在学《飘》里的郝思嘉呢！"

"我们的窗纱还是全新的，取下一幅就够了，这件事交给妈妈吧，一定会给你安排得好好的！"

我凝视着妈妈，她也微笑着凝视我，我们对看了好一会儿，然后我揽住了她的脖子，把脸颊贴着她的，说："噢，妈妈，你早就计划好了的，不是吗？"

"怎么，蓝采？你可不许流泪呵，这么大的人了。"她拍着我的背脊，"你还是个爱哭的小娃娃。"

"你是个伟大的好妈妈。"我说。

抬起头来，我含着泪望着妈妈，又忍不住地和妈妈相视而笑。

我的服装做好了，当我头一次试穿那身服装，站在穿衣镜前，我被自己的模样所震惊。妈妈说得对，白色对我非常合适，那顶亮晶晶的冠冕扣在我的头上，披着一肩长发，白纱的长袍，白色的缎带，胸前和下摆上都缀着闪亮的小星星，我看来飘逸轻灵、高贵雅洁，连我自己都不相信这就是我。

妈妈从镜子里望着我，她的眼睛里漾着泪水，声音哽塞地说："哦，蓝采，我没想到你这样的美！"

"妈妈！"我叫。

"你是个仙女，蓝采，"妈妈说，"在母亲的心里，你永远是个小仙女，但愿在别人的心目里，你也永远是个小仙女！"

她拉着我的手，前前后后地看着我。

是吗？会吗？我会是小仙女吗？我迷人吗？我可爱吗？我在镜子前面旋转，让我的白纱全飘飞起来，像是天使的翅膀，我几乎想飞出窗外去了。

第十章

那伟大的一夜终于来临了。

我准时到达了谷风的家里，被他们家的下女带进一间特别的更衣室里，换上我的仙女衣服，戴上冠冕，再在成打的面具里选了一个洋娃娃脸的面具戴上。对着镜子，我不认得自己了，那个面具有张笑嘻嘻的嘴，我仿佛是个从天而降的、专为散布快乐的仙子。我忍不住在镜子前面再旋转了几圈，我满足于自己的装扮，满足于自己的长发，虽然这长发很可能泄露出我的真实面目来。

走进客厅，一时间，我觉得眼花缭乱，满屋子那么多稀奇古怪的人物，形形色色的服装和陌生的、滑稽的面具，使我如置身在一个梦幻的境界，或者是误跑进了什么马戏班的后台里了。在那一刹那，我竟呆呆地愣在门口。就在我发愣时，一个小丑猛然一跳跳到我面前，把一个大大的气球往我眼前一递，说："欢迎！云裳仙子！"

我吓了一跳，机械地接过了气球，然后，我就明白过来了，他的声音暴露了他的身份。

"你是小俞！"我说。

"那么，你是蓝采！"他也高兴地说，"如果我猜得不对，我在地下滚！"

"你不用滚，你猜对了。"我说。

"哈！又来了一个！"他抛开了我，蹦蹦跳跳地把另一个气球往我身后的人递去，我回过头去，不禁惊得冒了一身冷汗，原来我后面正站着个印第安红人，面部画得五颜六色，圆睁着一对凶恶狰狞的怒目，背上背着弓箭，头上插着羽毛，手里还高举着一把亮晃晃的斧头，眼看着就要对我当头劈下来了。我本能地惊呼了一声，闪在一边，小俞的小丑已经笑嘻嘻地献上了他的气球，嘴里嚷着："欢迎，好一个印第安斗士！"

谁知那土人竟一把格开了小俞，操着怪腔怪调、沙嘎粗鲁的声音，直奔我而来："什么气球？我不要气球，我要人头！"他吼着，仍然高举着他的斧头，大踏步地向我冲来："我要人头，要这个怪漂亮的小姑娘的人头！"

他那怪声音唬住了我，我听不出他是谁，而他那残暴狰狞的面目还真的吓住了我，我喊着，掉头就跑，他却一把抓住了我的长发，斧头对着我的脖子就砍了下来，完全不像是"假戏"了。我大喊，一个人陡地窜了出来，一把拦住了印第安人的斧子，也操着怪腔怪调的声音吼着说："刀下留人！刀下留人！"

"怎么，你不许老子割人头？"印第安人挥舞着斧子，暴跳着叫。我慌忙去看我的救护者，谁知不看则已，一看大惊，原来那也是个土人，是个非洲土人，也画着脸，戴着象牙耳环，裸露着的上身挂满了动物牙齿组成的项圈和饰物，身上涂满了黑亮的油彩，像一座铁塔般挺立在那儿，其残暴狰狞的样子完全不减于印第安人，手中还拿着把长刀。也挥舞着长刀，他吼叫着，怪腔怪调地说："这个小姑娘的头我也要！"

"什么？你要？老子先发现的老子要！"印第安人说。

"我说我要！你不给我我先割你的头！"非洲土人说。

"我先割你的头！"印第安人吼了回去。

"我先割你的！"非洲土人。

"我先割你的！"印第安人。

我听出来了，印第安人是无事忙，非洲土人是小魏，现在，他们两个都挥刀弄斧起来，其实刀和斧都是银纸贴的，但在暗红色的灯光下，还真是挺逼真的。我想，我的头总算保住了，趁他们彼此要彼此的头的时候，我还是"三十六计，走为上计"。我悄悄地向旁边溜开了，不料竟一头撞在一个人身上，抬起头来，我发现我闯了祸。在我面前，一个穿着长袍马褂、留着山羊胡子、道貌岸然的老学究气呼呼地用手抚着眼睛，原来我把他的眼镜撞掉了，他满地摸索着他的眼镜，好不容易找到了，他戴了回去，对我很不满意地、摇头摆脑地说："小女子走路不长眼睛乎？有长者在前，不施礼乎？撞人之后，不道歉乎？"

原来是祖望，他那一本正经的样子，和那一连几个"乎乎乎"，使我"扑哧"一声笑了出来，他却丝毫不笑，继续摇着脑袋说："不知羞耻，尚且嬉笑乎？真是世风不古呀，世风不古！"

"老夫子，你又在发什么牢骚？"一个山地姑娘活活泼泼地跳了过来问，她手腕上脚踝上都戴着铃铛，一走动起来，丁零当啷的非常好听。这是紫云。

"瞧，"老夫子指指她裸露的手臂和及膝的短裙，以及那赤着的脚，大摇其头，"奇装异服，招摇过市，试问成何体统？岂不气煞人乎？"

紫云笑弯了腰，把我拉到一边说："水孩儿？"

我摇摇头，不说话。

"纫兰？"她再猜。

我还是摇头。

"那么，你是蓝采！"

我点头。她说："那么，水孩儿和纫兰还没有来。"

那个小丑又蹦过来了，拿一个喇叭"叭"的一声在我耳边一吹，我吓了一跳，那小丑鼓着掌，摆着头，做欢天喜地状，我骂着说："又是你，小俞！"

"我不是小鱼，我是小猫！"那小丑说，接着就"喵喵喵"地连叫了三声，我这才发现，他真的不是小俞，是小张。

等我仔细再一研究，原来三剑客都化装成了小丑，不是"三剑客"了，而成了"三小丑"了。我说："你们该化装成三剑客才对！"

"服装太难找了！"小张说，打量着我，"你很出色，蓝采，比仙女更像仙女。"

"谢谢你，你也很出色，比小丑更像小丑。"我说。

"哼！"他打鼻子里哼了一声，"好好地恭维你，你倒挖苦起人来了。你们女孩子就是嘴巴最坏。"

有个奇怪的人物向我们走过来了。他高大结实，满头乌黑的乱发，穿着件褐色的衣服，从领子到下面钉着些陈旧的金扣子（天，那件衣服看起来也够陈旧了）。他的面具是特制的，一张土红色宽大的脸，额角宽阔而隆起，下唇比上唇突出，左边下巴上还有个酒窝。一时之间，我有些眩惑，不大知道这是一种怎样的化装，只觉得这张面具"似曾相识"。

他停在我面前了，对我深深地一鞠躬，然后一连串地说："我的天使，我的一切，我的我……我心头装满了和你说不尽的话，不论我在哪里，你总和我同在……啊！天哪，没有了你是怎样的生活啊！咫尺天涯……我的不朽的爱人，我的思想一齐奔向你……"

我简直被他这番话惊呆了，尤其，从他的声音里，我已经听出他是柯梦南。但是，这是什么意思？他为什么对我说这些？还是他认错了人？我错愕得不知道该如何回答了，而他，还在一口气地说个不停："……我只能同你在一起过活，否则我就活不了，永远无人再能占有我的心，永远……永远……"

我忽然有些明白了，这些句子我好像在什么地方读到过。我瞪视着他，这服装，这面容，这些句子……我恍然大悟，他装扮的是贝多芬，背诵的是贝多芬写给他的爱人甘兰士的情书。我该早就猜出来的，他一直最崇拜贝多芬。但是，我又何幸而作甘兰士！

"你错了，贝多芬先生，"我对他弯弯腰，"我并不是你的甘兰士！"

"我没错，"他含糊地说，"你就是我的甘兰士，蓝采。"

大厅里是多热呵，我感到我的脸在面具后面发着烧，我的心脏在不规律地跳动，我的血液在浑身上下奔流，怎样的玩笑！柯梦南！你不该拿我来寻开心呵，我只是个傻气的孩子！很傻很傻的！我无法回答出任何话，我的舌头僵住了，我开始感到尴尬的气氛在我们之间酝酿。还好，有人来打破我们的僵局了！

那是童话《玻璃鞋》（《灰姑娘》）里的人物，辛德瑞拉和她的王子，他们双双走到我们面前，端着盘糖果的水晶盘子，于是，不用他们开口，我也知道这是怀冰和谷风。我抓了一把糖，高声地说："恭喜恭喜，辛德瑞拉和她的王子！"

"也恭喜你们！贝多芬和甘兰士！"怀冰说，她显然已听到我们刚才的对白。我转开身子，玩笑要开得过分了。一个山地姑娘在对我招手，我跑过去，笑着说："老夫子呢？紫云？"

"我不是紫云。"她笑得很开心，"我是彤云。"

"噢，你们姐妹连化装舞会都化装成一个样儿，"我说，"连面具都一样，谁分得出来？"

"这样才够热闹呀，三个小丑，两个山地姑娘……噢，水孩儿来了，她化装得真可爱，不是吗？"

水孩儿化装成了白雪公主，和卡通影片里的白雪公主一模一样的打扮，倒真的惟妙惟肖。接着，纫兰也来了，她化装成中国的古装美人，她本来就带点古典美，这样一装扮，更加袅娜风流了。美玲是歌剧里的蝴蝶夫人，老蔡是阿拉伯酋长……人差不多都到齐了，我们统计了一下，独独缺少了何飞飞。

时间已经不早了，我们决定不再等何飞飞，大家把啤酒、果汁、新鲜什锦水果调在一起，加上冰块当作饮料，一齐向谷风和怀冰举杯祝贺。然后，音乐响了，一阕轻快的《维也纳森林的故事》，谷风和怀冰旋进了客厅的中间，大家都纷纷地准备起舞，但是，突然间，全体的人都呆住了。

先是客厅的门"砰"地大响了一声，接着，从客厅外面一蹦一跳地跑进一个奇形怪状的东西来，那是一只兔子和袋鼠的混合物，高矮和人差不多，一身灰灰白白的毛，有两个长长的耳朵和短短的尾巴，还有一个尖尖的，半像老鼠，半像狐狸的嘴巴，嘴巴上还有好长好长的几根胡须呢！

"好上帝！"小俞首先惊呼了一声，"我打赌这是从非洲丛林地带钻出来的东西！"

那怪物早已目中无人地，直立着"漫步"到谷风和怀冰的面前，居然还弯腰行了个礼呢，大声地说："祝你们百年好合，白头偕老！"

"啊呀，我的天，"纫兰低声地说，"是何飞飞呢！"

"真的是何飞飞，"紫云抽了口冷气，"我简直不能相信，她怎么想得出来的！又打哪儿弄来这样一张皮的呀？"

怀冰和谷风显然也被面前这个怪物惊呆了，震惊得连舞也忘记跳，好半天，怀冰才吐出一句话来："何飞飞，你这化装的是个什么玩意呀？"

"这是世界的主人，名叫'三位一体'。"何飞飞说。

"三位一体？你指天主教里的圣母、圣子、圣灵吗？"谷风问。

"才不是呢！所谓三位一体呀，是人、神、兽三位的混合体，这世界不是就由这三位所组成的吗？"

"你这模样就像人、神、兽的混合体吗？"谷风说，"我看兽味很足，别的两种显然遗传的成分不够呢！"

大家哄堂大笑了起来，何飞飞就在笑声中又蹦又跳又骂："胡闹！见鬼！缺德带冒烟！"

她那副形状，再加上蹦跳的样子，逗得大家捧腹不已。抛开了谷风和怀冰，她跳着一个一个去辨认化装下的面孔，立即，她被那三个小丑包围了，只听到一片嬉笑怒骂的声音，接着就是那只大袋鼠舞着爪子叫："哎哟，多好玩啊！真骨稽，骨稽得要死掉了！"

彤云"扑哧"一声笑了出来，说："说实话，这可真是骨稽呢！"

《维也纳森林的故事》被何飞飞扰乱了一阵，现在又重新响了起来，男女主人开始跳舞了。接着，大家一对一对地都纷纷起舞，印第安人和白雪公主，非洲土人和中国古代美女，阿拉伯酋长和蝴蝶夫人，老夫子和山地姑娘……多么奇怪的组合啊！在优柔的灯光下，在美妙的旋律中，构成多么离奇的一幅画面！我站在那儿，不禁看得出神了！

有个人走到我面前来，打断了我的"欣赏"："我能不能请你跳舞？我的天使？"

是化装成贝多芬的柯梦南。我的心跳突然增快了。把手伸给了他，我一声不响地跟他滑进了客厅中央。我的脑子有些混混沌沌，混沌得使我无法运转我的舌头，我不知道该说些什么好。

"为什么不说话？"他问。

"你使我转了太多的圈圈，我的头昏了！"我说。

"我比你昏得更厉害，"他很快地说，"从第一次见到你的时候就昏了。"

"你在卖弄外交辞令吗？"我说，又是一个旋转。

"你认为我在卖弄外交辞令吗？是你真不知道，还是你装不知道？"他的语气有些不稳定。

"真不知道什么？又装不知道什么？"

"你是残忍的，蓝采！"

"我不懂你的意思。"

"你应该懂的，"他揽紧我，旋转了又旋转，他的声音急促而带着喘息，"除非你是没有心的。你不要以为你永远默默地坐在一边就逃开了别人的注意，我等待一个对你表白的机会已经很久了。"

我的心猛跳着。

"逢场作戏吧！"我含糊地说，"这原是化装舞会。"

"我们可以化装外表，但是没有人能化装感情！"他的语气激动了，面具上我看不到他的表情，只看到他那对火灼般的眼睛。我燃烧了，被他的眼睛燃烧，被他的语气燃烧，被那夜的灯光和音乐所燃烧。

"散会后让我送你回去。"他说。

"你太突然了，"我继续旋转着，"你使我毫无准备。"

"爱情不需要准备，只需要接受！"

"我不知道……"我语音模糊而不肯定。

"别说！"他迅速地打断我，"假如你是要拒绝我，也在散会以后告诉我，现在别说！让我做几小时的梦吧！我的心已经快蹦出我的胸腔了，你不知道我一向是多么腼腆的，我必须感谢这个面具，使我有勇气对你诉说。但是，你现在别告诉我什么，好人！"

那是怎样一种语气，那是怎样一种不容人怀疑的热情！他的呼吸是灼热的，他的手心是滚烫的……我不再说什么，我旋转又旋转……疯狂呵，我的心在整个大厅中飞翔，到这时，我才恍然地自觉，我已经爱了他那么长久、那么长久了。

音乐停了，他挽着我走向窗前的位子，我坐在那儿，在那种狂热的情绪之下，反而默默无言。音乐又响了，是一支吉特巴，他问了一声："要跳吗？"

我摇了摇头。我必须稳定一下我的情绪，缓和一下我的激动，整理一下我的思想。我们就这样坐着，直到一只大袋鼠跳到我们的面前来。

"哈！柯梦南！我知道化装成贝多芬的，除了你不会有别人！来，不要躲在这儿，难道男孩子还摆测字摊，等人请吗？赶快来陪我跳舞！三剑客坏死了，都不肯跟我跳，他们硬说分不清我的性别。"

她一连串地喊着，完全不给别人插嘴的机会，一边喊，一边不由分说地拉起柯梦南，一个劲儿地往客厅中间拉。柯梦南无可奈何地站起来，被动地跟着她往前走，一面回过头来对我说："下一支舞等我，蓝采。"

"别理他，蓝采，"何飞飞也对我喊着说，"我要他陪我跳一个够才放他呢！"

他们跳起来了，我坐在那儿，心里迷迷糊糊的，一种不真实的感觉抓住了我，这是真的吗？这是可能的吗？他爱的是我吗？不是水孩儿？不是其他的什么人？这是真的吗？是真的吗？

一支舞曲完了，何飞飞果然没有放开柯梦南，下一支他们又跳起来了，再下一支舞我和谷风跳的，再下一支是那个要割我的头的印第安红人。

"我不敢跟你跳，"我说，"怕保不住我的头。"

"没有人敢动你的头，蓝采，"印第安人说，"你这个头太好了，太美了。"再下一支是小何，接下去小俞又拉住我不放。我不知道柯梦南换了舞伴没有，我已经眼花缭乱了。好不容易，我休息了下来，溜出客厅，我跑到阳台上去透透气，又热又喘息。

有个山地姑娘也站在那儿，我问："是紫云，还是彤云？"

"紫云。"

"怎么不跳？"

"我要休息一下，里面太闹了。"

我们站了好一会儿，然后，我又走向客厅，在客厅门口，我碰到扮成老夫子的祖望，他问我："那个山地姑娘在阳台上吗？"

"是的。"我不经思索地说。

他往阳台去了，我忽然觉得有点不对，他是在找彤云，还是紫云？可是，没有时间让我再来考虑他的事了，柯梦南迎着我走了过来。

"你在躲我吗，蓝采？"他有些激动和不安。

"没有呀，是你一直不空嘛。"我说。

"那么，现在能跟我跳吗？甘兰士。"

"你叫我什么？"

"甘兰士。"他很快地说，"当我扮作贝多芬的时候，请你扮一扮甘兰士吧，如果你要否认，也等散会以后。"

"可是——"他一把蒙住了我的嘴，几乎把面具压碎在我的嘴唇上。

"别说什么，跳舞吧。"

那是一支慢四步，他揽住了我，音乐温柔而缠绵，他的胳臂温存而有力。我靠着他，这是一个男性的怀抱，一个男性的手臂，我又昏了，我又醉了。

一舞既终，他低低地说："取下你的面具，我想看看你。"

"不，"我说，"现在还是戴面具的时候。"

祖望匆匆忙忙地跑了过来，慌张的样子非常可笑，一把抓住了我，他说："彤云呢？"

"我不知道。"我说。

"糟了，蓝采，"他慌张地说，"我表错了情。"

"不，你表对了情了。"一个声音插进来说。我们抬起头来，又是个山地姑娘，这是彤云。

"你什么意思，彤云？"祖望的声音可怜巴巴的。

"你一直表错了情，今天才表对了。"彤云说。

"彤云！"祖望喊。

"别说了，我们先来跳舞吧！"彤云挽住了他，把他拖进舞池里去了。

"他们在说些什么？"柯梦南不解地问我。

"一些很复杂的话，"我说，"这是个很复杂的人生。"

"我们也是群很复杂的人，不是吗？"

"最起码，并不简单。"

我们在靠窗边的沙发上坐了下来，柯梦南为我取来一杯"混合果汁"，他对我举举杯子，在我的杯子上碰了一下，低声地说："为我们这一群祝福吧！为我们的梦想和爱情祝福吧！"

我们都慨然地饮干了杯了。大概因为果汁中掺和了酒，一杯就使我醉意盎然了。接下去，我都像在梦中飘浮游荡，我跳了许许多多支舞，和柯梦南，也和其他的人。舞会到后来变得又热闹，又乱，又疯狂，大家都把面具取下来了，排成一个长条，大跳"兔子舞"，接着又跳了"请看看我的新鞋"。

跳完了，大家就笑成一团，也不知怎么会那么好笑，笑得喘不过气来，笑得肚子痛。

那晚的舞会里还发生了好多滑稽事，何飞飞不知怎么摔了一跤，把尾巴也摔掉了，爬在地下到处找她的尾巴。祖望一直可怜兮兮地追在两个山地姑娘后面，不住地把紫云喊成彤云，又把彤云喊成紫云。小俞和水孩儿不知道为什么打赌赌输了，在地上一连滚了三个圈子。然后，柯梦南又成为大家包围的中心，大家把他举在桌子上，要他唱歌。他唱了，带着醉意，带着狂放，带着痴情，带着控制不住的热力，唱了那支贝多芬曾为甘兰士弹奏过的《琪奥伐尼之歌》，其中的几句是这样的：

若愿素心相赠，

不妨悄悄相传，

两情脉脉，

勿为人知。

大家鼓掌，叫好，吹口哨，柯梦南热情奔放，唱了好多支好多支的歌，唱一切他会唱的歌，唱一切大家要他唱的歌，唱得满屋子都热烘烘的。然后，大家把他举了起来，绕着房间走，嘴里喊着："柯梦南好，柯梦南妙，柯梦南呱呱叫！"

我不由自主地流泪了。何飞飞站在我的旁边，也用手揉着鼻子，不断地说："我要哭呢！我真的会哭呢！"

最后，天亮了，曙色把窗子都染白了，大家也都已经筋疲力尽，有的人倒在沙发上睡着了，有的躺在地上动弹不得，音乐还在响着，但是已没有人再有力气跳舞。我们结束了最后一个节目，选出我们认为化装得最成功的人——何飞飞。谷风和怀冰送了她一个大大的玩具兔子，和她所化装的模样居然有些不谋而合，又赢得大家一阵哄堂大笑。然后，在曙色朦胧中，在新的一天的黎明里，在舒曼的《梦幻曲》的音乐声下，谷风和怀冰站在客厅中间，深深地当众拥吻。

大厅中掌声雷动，一片叫好和恭喜之声，然后，舞会结束了。大家换回原来的服装，纷纷告辞。

是柯梦南送我回家。

天才微微亮，街上冷冷清清的，没有一个行人，有些薄雾，街道和建筑都罩在晨雾里，朦朦胧胧的。春天的早晨，有露水，还有浓重的寒意。

他把他的外衣披在我肩上，低声说："散散步，好吗？"

我点点头。

我们沿着长长的街道向前走，好一会儿，两人都没有说话，最后，还是他先开口："蓝采。"

"嗯？"

"我现在准备好了，你告诉我吧！"

我望着他，他的脸发红，眼睛中流转着期待的不安，薄薄的嘴唇紧紧地抿在一起。那神情仿佛他是个待决的囚犯，正在等待宣判似的。我望着他，深深地，长长地，一瞬也不瞬地。

"别苦我吧！"他祈求地说，"你再不说话，我会在你的注视下死去。"

"你不需要我告诉你什么。"我低低地说。

"我需要。"

"告诉你什么呢？"

"你爱我吗？回答我！快！"他急促地。

"你为什么不去问问怀冰爱不爱谷风？"我说。

他站住，拉住了我，我们停在街边上，春风吹起了我的头发和衣角，吹进了我们的心胸深处。他紧紧地盯着我，喘了一口长长的气，然后，他的头俯向我，我热烈地迎上前去，闭上我的眼睛。

从此，我的生命开始了另外的一页。

第十一章

　　从舞会回到家里，妈妈还没有起床，我蹑手蹑脚地回到我的房间，立即就和衣倒上了床。

　　我很疲倦，但是并没有立即入睡，仰躺在那儿，我望着天花板，望着窗棂，望着窗外的云和天，心里甜蜜蜜的、昏沉沉的，又是醉意深深的。我的眼前还浮着柯梦南的影子，他的笑，他的沉思，和他的歌。好久好久，我就那样一动也不动地躺着，让那层懒洋洋的醉意在我四肢间扩散，让柯梦南的一切占据我全部的思维，直到我的眼睛再也睁不开了。

　　我睡着了，梦到许多光怪陆离的东西，一会儿我是在个游乐园里，一会儿我又在碧潭水畔，接着又变成化装舞会……

　　柯梦南始终在我前面，不住地回头叫我，我拼命地向他跑去，可是总跑不到他那儿，跑呀跑的，跑得我好累，跑得我腰酸背痛，可是他还是距我那么远，我急了，大喊着："过来吧！柯梦南！"

于是，我醒了，一室懒洋洋的阳光，斜斜地照射在床前。

妈妈正坐在床沿上，微笑地望着我。

"怎么了，做噩梦？"妈妈问。

"噢，没有，"我怔怔地说，揉了揉眼睛，"什么时间了？"

"你睡得可真好，"妈妈笑着说，"看看窗子外面吧，太阳都快下山了。"

可不是吗？一窗斜阳，正闪烁着诱人的金色光线，我从床上坐了起来，大大地伸了个懒腰，梦里的一切早已遁了形，我浑身轻松而充满了活力。

"舞会怎么样？"妈妈关怀地问。

我的脸突然发起热来，噢，舞会！噢，神奇的时光！噢，柯梦南！

"好极了，妈妈。太好了。"

妈妈深深地注视着我。

"舞会中发生了什么事吗？"她敏锐地问。

"妈妈！"我喊，有一些惊奇，有更多的腼腆。"能发生什么事呢？"我说着，一面侧耳倾听，是我的耳朵出了毛病吗？

何处传来了口哨之声？

"那可多着呢！"妈妈说，走到窗子前面去，拉开窗帘，她注视着窗子外面，好半天，她回过头来，皱皱眉说："有个傻子，今天一天都在我们家门口走来走去。"

"哪儿？"我从床上跳了起来。

"你自己看嘛！"

我冲到窗子前面去，哦！果然，是柯梦南，他正靠在大门口的老榕树上面，倒好像蛮悠闲的，正在低低地吹着口哨呢！

"哦，妈妈！"我喊，"那不是傻子呀！"

"不是傻子是什么？就这样吹了一个下午的口哨了！"

"哦，妈妈！"我叫着，来不及说什么，我就向门口冲去了，妈妈在我后面直着喉咙喊："跑慢一点儿，当心摔了！他一个下午都等了，不在乎这几分钟的！"

"哦，妈妈！"

我再喊了一声，顾不得和妈妈多说了，也顾不得她的调侃，我一直冲出了大门，喘着气停在柯梦南面前，他的眼睛一亮，身子站直了。

"蓝采！"他喊。

"你在干吗呀？"我问。

"等你嘛。"

"为什么不按门铃？"

"我想，你可能在睡觉，我不愿意吵醒你。"

"你没有睡一下吗？"

"睡了两小时，满脑子都是你，就来了。"

我们对视着，好半天，我说："你真傻，柯梦南！"

他笑笑，不说话，只是呆呆地望着我。

我拉住他的手腕，说："进来吧，柯梦南，见见我的妈妈。"

我们走进了屋里，妈妈微笑地站在桌子旁边，桌上，两杯牛奶正冒着热气，一盘蛋糕，一盘西点，放得好好的，不等我开口，妈妈对我和柯梦南说："坐下吧，蓝采，你睡了一天，还没吃东西呢！至于你的朋友，好像也很饿了。"她把牛奶分别放在我和柯梦南的面前。

"妈，"我有些不好意思，低低地说，"这是柯梦南。"

柯梦南对妈妈弯了弯腰，他也有些局促。

"伯母。"他喊。

"坐下吧，坐下，"妈温柔地笑着，注视着柯梦南，"先吃点东西，我最喜欢看孩子们吃东西的样子。"

我拉着柯梦南坐了下来，我确实饿了，何况那些点心正散发着诱人的香味。柯梦南也没有客气，我们吃了起来，吃得好香好香，柯梦南的胃口比我更好。妈妈坐在一边，笑吟吟地望着我们，她那副满足和愉快的样子，仿佛享受着这餐点心的是她而不是我们，一边看我们吃，她一边不停地打量着柯梦南，等我们吃得差不多了，她才问柯梦南："你家住在哪儿？"

"南京东路，离这儿并不远。"

我们住在新生南路。

"你父亲在哪儿做事？"

"他开了一家医院，不过我们家和诊所是分开的。"

"哦，"妈妈关心地望着他，"你有几个兄弟姐妹？"

"这个——"他的脸色顿时变了，眼睛里闪过了一丝阴郁的光，那张漂亮的脸孔突然黯淡了。"有两个妹妹，一个弟弟，"他轻声地说，"同父异母的。"

"哦。"妈有些窘迫，我也有些惊异，对于柯梦南的家世，我根本不知道。"你的生母呢？"妈妈继续问，她的眼光温柔而关怀地停在柯梦南的脸上。

柯梦南的头垂下去了，他的牙齿紧紧地咬了一下嘴唇，再抬起头来的时候，他的眼睛里有着烧灼般的痛苦。

"她死了！"他僵硬地说，"她原是我父亲的护士，爱上了我父亲，结了婚，生了我。可是，没多少年，我父亲又爱上了他的一个女病人，他和那个女病人同居，和我们分开了。每个月他供给我们大量的金钱，让我们生活得非常豪华，就算尽了他的责任。结果，我母亲在我十五岁那年自杀了，她吞了安眠药，药还是我父亲的处方，因为我母亲患失眠症已经很久了。"

室内沉静了一会儿，他又低下了头，一语不发地喝光了杯中的牛奶，好半天，妈妈歉然地说："对不起，我不该问你这些。"

他很快地抬起头来，振作了一下说："没关系，伯母。我现在已经比较能淡然处之了，以前我曾经度过一段很痛苦的日子，痛苦极了，我就狂喊，狂歌，狂叫，在各种乐器上乱拨乱敲，用来发泄。现在，我好多了，自从——和蓝采他们接近以后。"

妈妈点了点头，她的眼光更温柔了。

"那么，你现在跟父亲住在一起吗？"

"不，"他坚决地摇摇头，"我自己一个人住，有个老用人跟着我，我永不可能跟我父亲住在一起，尽管他用各种方法想挽回我。"

"或者——他也有苦衷？"妈妈试探地说。

"别为他讲话，伯母！"柯梦南显得有些激动，"他是个刽子手，他杀掉了我的母亲！"

"好，我们不谈这个，谈点别的吧！"妈妈说，端起了我们吃空了的碟子，送到厨房去，一面问，"你学什么？"

"音乐。"

话题转了，我们开始谈起音乐来，这比刚才那个题目轻松多了，室内的空气立即变得活泼而融洽。我们谈了很久，柯梦南在我们家吃的晚餐，我发现妈妈几乎是一见到他就喜欢他了，这使我满心充满了兴奋和愉快。

饭后，我和柯梦南去看了一场电影，散场后，我们在街上慢慢地散着步，我说："我从来不知道你家庭的故事。"

"一段丑恶的故事，"他痛心地说，"我非常爱我的母亲，她能弹一手好钢琴，又能作曲，又能唱。而且，她是感情最丰富的、最善良的，她一生，都宁可伤害自己，而不愿伤害别人。"

"我可以想象她，"我说，"你一定在许多地方都有她的遗传。"

"确实，"他点点头，"不过，我比她坚强。"

"那因为她是女人，"我说，"女性总比男性脆弱一些，尤其在感情上。"

他看了我一眼，突然问："蓝采，你的父亲呢？"

"我很小的时候，他就和我母亲离婚了。"我说。

他静静地凝视着我，街灯下，我们两个的影子长长地投在地上，忽而在前，忽而在后。好半天，我们都没有说话，只是相依偎地走着。然后，他轻轻地叹息了一声，感慨地说："我们都有一个不幸的家庭，或者，每个家庭中都有一些不幸。"他顿了顿，说："蓝采！"

"嗯？"

"我们以后的家庭，不能允许有丝毫的不幸，你说是吗？我们的儿女必须在充满了爱的环境里长大，没有残缺，没有痛苦！你说是吗？"

"噢，柯梦南，"我说，"你扯得多远！"

"你说是吗？"他逼问着我，盯着我的眼睛里带着火灼与固执、期盼与祈求，"你说是吗？你说是吗？蓝采，是吗？你说！"

在他那样的注视下呵，我还有什么可矜持的呢？我还有什么可保留的呢？

"是的，是的，是的。"我一迭连声地说。

他站住了，用双手紧握着我的手，他的脸色严肃而郑重，他的声音诚恳而热烈："我们将永不分开，蓝采。"

我望着他，在这一刻，没有言语可以说出我的心情和感觉，我只能定定地望着他，含着满眼的泪。

第十二章

　　说不出来那种日子有多沉醉，说不出来那种感觉有多疯狂，也说不出来那份喜悦和那份痴迷。我和柯梦南，都融化在一种崭新而神奇的境界里，这种境界中没有第三者，没有天和地，没有世界上的任何东西，只有彼此。一会儿的凝视，一刹那的微笑，一下轻轻的皱眉，或一段短时间的沉思，都有它特别的意义，都会引起对方心灵的共鸣。然后，我们又惊奇地享受着那心灵共鸣的一瞬。

　　我们喜欢在清晨或是黄昏，手携手地漫步在初升的阳光或是落日之下。我们喜欢迎着拂面而来的、带着凉意的那些微风。我们还喜欢春天那份"恻恻轻寒翦翦风"的韵味。一切都让我们兴奋，一切都让我们满足。当我们漫步的时候，我喜欢听他轻轻地哼着歌。一次，我说：

"记得你第一次在我们面前唱的歌吗？在碧潭划船的那一次？"

"记得，"他微笑地说，"是那支《有人告诉我》吗？我作那支歌的时候情绪真坏，满腔无法发泄的积郁和怨愤，压得我透不过气来，我不知道我活着是为了什么，我迷失，我苦闷，我就写了那一支歌。但是，现在，那一支歌应该改一改歌词了。"于是，他低声唱了起来：

有人告诉我，
这世界属于我，
因为在浩瀚的人海中，
有个人儿的心里有我。

有人告诉我，
欢乐属于我，
我走遍了天涯海角，
在你的笑痕里找到了我。

有人告诉我，
阳光普照着我，
自从与你相遇，
阳光下才真正有个我。

我在何处？何处有我？

你可曾知道？

我在何处？听我诉说：

你的笑里有我！

你的眼底有我！

你的心里有我！

我们依偎着，那么宁静，那么甜蜜，那么两心相许、两情相悦。连那冷冷清清的街道上都仿佛洋溢着温暖，充满了柔情，穿梭的风带来的是无数喜悦的音符，这正是春天哪！

"恻恻轻寒翦翦风！"柯梦南说，紧握着我的手，注视着我的眼睛，"这是我们的春天，蓝采！"

是我们的。接连而来的所有的春天，都应该是我们的。不是吗？我挽着他的手，斜靠在他的肩上。

"你不再失落了？"我问。

"失落是一个年轻人的通病，"他说，"最大的原因是寂寞。生命没有目的，心灵没有寄托。现在，我不会再失落了，我有了你。我应该积极一点，为了我，为了你……"

"为了我们这一代吧！"我说，"你将来要做什么？"

"我要学音乐，我要成为一个大的声乐家，或是作曲家，你不知道我对音乐有多狂热，蓝采。"

"我知道。"我说，"毕业后准备留学吗？"

　　"是的，"他点点头，"这里没有学音乐的环境，我想去意大利。你愿意跟我一齐去吗？"

　　"我不知道，"我摇摇头，"我不愿意离开妈妈。"

　　"我们还会回来的，"他说，"我们一定会回来的，留学只是去学习，不是去生根哪，这儿到底是我们的土地嘛！"

　　"那么，你去，我等你回来！"我说。

　　"不，"他揽紧了我，"如果你不和我一齐去，我宁可不去了，我离不开你。"

　　"为了一个女孩子放弃你的前途吗？"我说。

　　"是的。"

　　"你傻！"我说。

　　"是的。"

　　"你笨！"我说。

　　"是的。"

　　"你糊涂！"我说。

　　"是的。"

　　我们站住了，他望着我，我望着他，我们望着彼此，然后，他笑了，重新挽住我，他说："别谈这个了，蓝采。在我们相聚的时光，不要提起别离。反正，还早呢！"

　　"暑假你就毕业了，早什么？"

"还有预备军官训练呢！"

"也带着我一起去受训吗？"我瞪着他。

"是的，我把你藏在我的背包里。"

我们对视着，都笑了起来，他说："你的笑好美好美，蓝采。"

"告诉我你以前那个爱人的故事？"我说。

"我以前的爱人？"他一愣，"我以前有什么爱人？"

"别赖，你唱过的歌，忘了？"于是，我轻哼着：

> 我曾有数不清的梦，
>
> 每个梦中都有你，
>
> 我曾有数不清的幻想，
>
> 每个幻想中都有你，
>
> 我曾几百度祈祷……

他打断了我，接下去唱：

> 而今命运创造出神奇，
>
> 让我看到你，听到你，得到你，
>
> 让我诉出了我的心曲，我的痴迷。

我瞪着他。

"你是什么意思？"我问。

"你就是那个'你'嘛!"他说。

"别滑头,我打赌你作这支歌的时候根本不认得我。"

"确实。"他点点头。

"那么——?"

"但是那确实是你!"

"解释!"

"这支歌的题目叫《给我梦想中的爱人》,一个我心目中理想的女性,我梦寐以求的那种女孩,你就是,蓝采。"

"真的?"我问。

"真的。"他严肃地说。

我不再说话了,靠在他的肩头,我那么满足,满足得不知道自己还能有什么希求了。街道很长很长,我们并着肩走着。向前走,向前走,向前走……我坚信,我们就要这样并着肩向前走一辈子了。

第
十
三
章

　　这样的恋爱是无法瞒人的，何况，我们也不想瞒人，
舞会的第二天，柯梦南就急着要向全世界宣布他的恋爱
了。最初知道这件事的是怀冰和谷风，而整个圈圈里都
知道却是在舞会后的一星期。

　　那是一个假日，我们一起到鹭鸶潭吃烤肉去。

　　这是舞会之后，大家的第一次聚会。我们带了一锅
切好了的肉，带了几十根铁扦子，预备用最原始的方式，
穿了肉边烤边吃。这种吃法是柯梦南同校的一位艺术系
的学生教他的，据说是新疆游牧民族的烤肉法，烤的都
是牛羊肉。

　　我们到了水边已经快中午了，男孩子们负责架炉子
生火，女孩子们负责穿肉掌厨，但是，经过了将近两小
时的步行才到目的地，大家都很累，把扛来的肉、扦子、

锅子往地下一放，就都纷纷地奔向水边，去舀了水洗手洗脸，谁也不管预先分配的工作了。何飞飞干脆脱了鞋，踩在水中，发疯似的乱跳乱叫，把水溅得到处都是。刚好小俞从她身边走过，被溅了一头一脸的水，小俞一面用手挡，一面嚷着说："你这是干吗？疯丫头！"

"你叫我什么？"何飞飞停了下来，伸过头去问。

"疯丫头！"

"滚你的蛋！"何飞飞不经思索地骂着说，"我是疯鸭头，你还是疯鸡头呢！"

"哈！"小俞开心了，大笑着说，"你是疯鸭头，我是疯鸡头，可不刚好配上对了。"

大家都笑了起来，这次何飞飞显然是吃了亏，可是，笑声还没有完，就听到一声"扑通"的大响，和小俞的高声大叫。原来，何飞飞趁他不注意，用手把他一拉，又用脚把他的脚一踢，竟让他整个栽进了水里。小俞在水中大喊大叫，挣扎着爬起来，浑身从上到下地滴着水，头发湿淋淋地贴在额上，水珠在睫毛上和眉毛上闪着亮光，真是要多狼狈就有多狼狈。何飞飞拊掌大笑，边笑边指着他说："哈！真骨稽，真骨稽得要死掉了。你这下子不是疯鸡头了，是落汤鸡头了！"

我们笑得可真厉害，笑得都喘不过气来。小俞就在我们的笑声中，一面浑身滴着水，一面吹胡子瞪眼睛，摩拳擦掌，他越是那副咬牙切齿的怪样子，我们就越是笑个不停。终于，他大吼了一声："何飞飞，我今天不好好地整你一下，我就在地下滚，一直滚回台北去！"

吼着，他就向何飞飞冲了过来，何飞飞眼看情况不妙，回头拔脚就跑，小俞也拔脚就追。何飞飞一直跑向我的身边，柯梦南正站在那儿，笑嘻嘻地观望着。何飞飞往柯梦南身后一躲，抓着柯梦南，把他像挡箭牌似的挡在自己面前，嘴里嚷着："柯梦南，赶快救我！"

"我为什么要救你呢？"柯梦南笑着问。

"你是好人嘛，你不像他们那么坏！好人应该帮好人的忙！"何飞飞说。

"哦？你还是好人呀？"柯梦南满脸的笑，对我做了个鬼脸。

"我当然是，你别看我外表爱胡闹，我内心最好、最善良、最温柔不过了，不信你问蓝采。"

"我可不敢担保！"我笑着说。

小俞已经冲到柯梦南面前了，何飞飞跳前跳后地躲着他，把柯梦南像车轱辘似的转过来转过去，于是，柯梦南成为小俞和何飞飞的轴心，三个人开始捉迷藏似的兜起圈子来。

"柯梦南，"小俞吼着说，"你护着她干吗？她又不是你太太！"

"柯梦南，"何飞飞也喊着，"别听他乱扯，你揍他，赶他走！"

柯梦南显然被他们转昏了，他讨饶地嚷着："好了！好了！我怎么会卷进你们的战圈的？现在双方停火如何？"

　　"我才不干呢！"小俞叫着，"我今天非把她揿在水里，让她喝几口水才甘心！"

　　"你敢！"何飞飞喊。

　　"我为什么不敢？"

　　"好了。看我的面子，小俞，你就饶了她吧！"柯梦南说，急于想摆脱这场是非。

　　"也行，"小俞说，"你既然出面调停，我就听你的，不过有条件的！"

　　"什么条件？"柯梦南问。

　　"宣布你的秘密！"

　　"我有什么秘密？"柯梦南诧异地问。

　　"好，你不肯承认有秘密，就算它不是秘密吧，那么，你当众和蓝采接个吻吧！"

　　大家哗然大叫了起来，惊诧声、奇怪声、询问声、议论声全响了起来，我也大吃一惊，接着就满脸都发起热来，说不出是什么感觉，只感到心脏乱跳，血液加快，不由自主就低下了头。耳中只听到小俞的呵呵大笑，和高声说话的声音："我是个通天晓，你敢不承认吗？柯梦南？舞会那天我就看得清清楚楚了！对不对？柯梦南？你摘走了我们的一颗珍珠，从今起，不知有多少人因为你要害失恋病，你也非弥补一下我们的损失不可！你先和蓝采当众接个吻，然后为我们唱支歌，大家说对不对？"

接着是一片乱七八糟的叫嚷之声，我的头都昏了，也听不出来大家在说些什么。小俞和何飞飞的"战争"显然已不了了之，全体的目标都转移到我和柯梦南的身上。女孩子们把我包围了起来，七嘴八舌地问："这是真的吗，蓝采？"

"你怎么一点也不告诉我们，蓝采？"

"你什么时候和他好起来的，蓝采？"

"你可真会保密啊，蓝采！"

我被那些数不清的问题所淹没了，躲不开，也逃不掉，大家把我围得紧紧的。我既无法否认，只得一语不发地低垂着头。在我旁边，柯梦南也被男孩子所包围着。接着，不知怎么一回事，我和柯梦南被推到了一块儿，周围全绕着人，一片吼叫声："表演一下，柯梦南！像个男子汉，吻吻你的爱人！"

我的脸已经烧得像火一般了，从来没有过这样的经验，也从来没有过这种滋味。可是，我心中却充塞着温暖和感动，从那些吼叫里，我可以听出大家的热情和那份善意。显然，他们也在分沾着我们的喜悦和爱情啊！

柯梦南站在我的面前，终于向那些吼叫低头了。他用手扶住了我的肩膀，在我耳边低低地说："怎么办？不敷衍一下无法脱身了！"

说完，他很快地在我面颊上吻了一下，全体的人又吼叫了，拍掌的拍掌，提抗议的提抗议，说我们这个"吻"太"偷工减料"了。柯梦南微笑地看着大家，然后，他不顾那些吵闹，开始唱起歌来，他的歌一向有镇压紊乱的功效，果然，大家都安静了下来。柯梦南唱得那么好、那么生动，是那支我所心爱的《给我梦想中的爱人》。

他唱完了，大家用怪声叫好，吹口哨，并且缠着他不停地问："这支歌是你为蓝采写的吗？"

"这个'你'是蓝采吗？"

"你诉过了你的心曲，和你的痴迷了吧？"

他们缠着他闹，他却只是好脾气地微笑着，听凭他们起哄，直到祖望喊了一声："我们到底还吃不吃烤肉呀？"

大家在笑声中散开了，找砖头搭炉子的去找砖头，找木柴的去找木柴，生火的去生火，我也走到放东西的地方，把扦子拿到水边去洗。水孩儿跟到我身边来帮我洗，一面凝视着我说："蓝采，我早就猜到会这样的，你跟他是最完美的一对，上帝不可能有更好的安排了。"

我望着她，有些讶异，这句话多熟悉呀！不久以前，我还这样猜测过她和柯梦南呢，她的眼睛清亮地闪烁，唇边带着个温温柔柔的微笑："恭喜你，蓝采。"

"水孩儿，说实话，我——一度以为——"我结舌地说。

"你想到哪儿去了，蓝采？"水孩儿很快地打断我，停了停，她又说，"我说过我不爱凑热闹的，对不？"她扬起了睫毛，唇边的笑容洒脱而可爱，站起身来，她用手按了按我的肩膀，"改天告诉你我的故事，我爱上了一个圈外人。"

"真的？"我惊异地问。

她笑着点点头，走开了。我拿起扦子，到草地上去坐下来，开始把肉穿到扦子上去，怀冰也和我一起穿，注视着我，她说："蓝采，你真幸福。"

"你何尝不是？"我说。

我们相对而视，都忍不住地微笑了。

火烧旺了，大家都围了过来，一边烤着肉，一边吃着。肉香弥漫在山谷之中，弥漫在水面上，欢乐也弥漫在山谷中，弥漫在水面上。大家吃了半天，才发现少了一个人，是何飞飞，而且好半天都没有听到她的声音了。祖望说："我敢打赌，她又有了什么花样。一向吃起东西来，她都是'当人不让'的，现在躲在一边干吗？"

"我找她去！"我说，站起身来，走到水边去张望着，找了半天，才看到她一个人坐在水边的一块大石头上，呆呆地望着天空发愣，我喊了一声说："何飞飞，你在做什么？"

"我在看那些鸟儿呢！"她说，继续地看着天空，天上有好几只鸟在飞来飞去，"它们飞呀飞的好快活！我在想，我的名字叫作何飞飞，我何不也去飞飞呢？"

她那认真的模样和那些傻话使我笑了起来，我走过去，拍拍她的肩膀说："你别想飞了，你再不去吃烤肉呀，那些肉都要'飞'进他们的肚子里了，那你就什么都吃不着了！"

"我不想吃，"她闷闷地说，"我想飞，飞得高高的，飞得远远的，飞到另外一个世界里去！"

"你这是怎么了？"我诧异地望着她。

"我吗？"她咧了咧嘴，耸了耸眉，又是她那副调皮的怪样子。凝视着我，她用一种夸张的悲哀的态度说："蓝采，我失恋了。"

"好了，好了，"我说，"你的玩笑开够了没有？"

"你居然不同情我吗？"她瞪大了眼睛问。

"好，很同情。"我抱住手一站，看样子她一时间还不想吃烤肉呢！"告诉我，你爱上的是谁吧！"

"柯梦南。"她咧着嘴说，"你让给我好吗？"

我啼笑皆非地望着她，禁不住从鼻子里哼出一口长气，这个促狭的小鬼！怎么永远没有一句正经话呢！看到我的尴尬，她笑了，打地上一跃而起，叫着说："放心！没人要抢你的柯梦南！唔！好香，我要去抢烤肉了！"

我们走回到炉子旁边，大家正吃得开心，何飞飞从炉子上抢了一串肉就往嘴里塞，刚刚离火的肉又烫又有油，她大叫了一声，烫得蹲下身子，眼泪都滚出来了，大家围过去，又是要笑，又是要安慰她。她呢？一面慌忙用手捂着被烫了的嘴巴，一面又慌忙用手去揉眼睛，谁知她的眼睛不揉则已，这一揉眼泪就扑簌簌地掉个不停了。我和怀冰一边一个地揽着她，我急急地问："这是怎么了？怎么回事？"

"人家烫得好厉害嘛！"她带着哭音说，"不信你瞧！"

她把嘴唇凑近我，真的，沿着唇边已经烫起了一溜小水疱，想必是痛不可忍的。怀冰也急了，说："谁带了治烫伤的药？油膏也可以！"

谁也没带。红药水、紫药水、消炎药都有，就是没有治烫伤的。大家看到她那副眼泪汪汪地噘着个嘴巴的样子，手里还紧握着那串闯祸的肉，就又都忍不住想笑。小俞把一串刚烤好的肉吹凉了，送到她面前去，一面笑着说："别哭了，疯丫头，谁叫你这样毛手毛脚呢！快吃一点吧，你还什么都没吃呢！不过，你烫这一下也是活该，你心眼坏，老天在惩罚你呢！"

"滚你的！"何飞飞气呼呼地推开他，"别人烫了你还骂人！没良心，你们全没有良心！"说着，不知怎的，她竟"哇"地大哭起来了。

我们全慌了手脚，搂着她问："怎么了？怎么了？"

"又是你，小俞！"彤云狠狠地瞪了小俞一眼，"人家烫了，你还拿她开玩笑！你们男孩子没一个是好东西！"

"我又做错了？"小俞愕然地瞪着眼睛，"这才是好心没好报呢！"

"你还不道歉？"紫云推了他一把。

"我道歉？"小俞叫，"我干吗道歉？"

"你把何飞飞都弄哭了，你还不道歉？"彤云骂着说，"快呀！去呀！"

"好，好，好，我道歉，我道歉，"小俞用手抓抓脑袋，垂头丧气地站在何飞飞面前，对她鞠了一躬，像背书一般地说，"小姐，我对不起，得罪了小姐，一不该让火神烫伤你，二不该让烤肉发烫，三不该好心送肉给你吃，四不该说笑话想讨你开心，五不该……不该……"他眨巴着眼睛，想不出话来了，最后才猛然想出来说："不该让那串发烫的肉，那么快地跑到你嘴里去！"

何飞飞眼泪还没干呢，听了这一串话，却"扑哧"一声笑了出来，从地上一跃而起，她揽着小俞，亲亲热热地说："你是好人，他们都坏！"

我们大家面面相觑，好生生的，我们又都"坏"起来了！

小俞也有点丈二和尚，摸不着头脑。但是，何飞飞总算不哭了，一件"烫嘴"的公案也过去了。我们又欢天喜地地吃起烤肉来。那一整天，何飞飞都跟小俞亲亲热热地在一块儿，我们甚至于背后议论，春风起兮，恐怕又要有一段佳话了！

第十四章

夏天将来临的时候，大家都很忙，聚会的时间自然而然就减少了。主要是因为期终考马上就要到了，而我们大部分都已是大三的学生，柯梦南比我们高一级，暑假就要毕业。别看我们这一群又疯又爱玩，对于功课，我们也都挺认真的，所以，那一阵我们只是私下来往，整个圈圈的团聚就暂时停止了。

这并不影响我和柯梦南的见面，我们几乎天天都要抽时间在一块儿谈谈、走走、玩玩。尤其因为暑假里他要去受军训，我们即将面临小别的局面，所以我们就更珍惜我们可以相聚的时间了。日子里是掺和着蜜的，说不出来有多甜，说不出来有多喜悦。我们沉浸在一种幸福的浪潮里，载沉载浮，悠游自在，把许多我们身外的事都忘了，把世界和宇宙也都忘了。

许久没有见到怀冰他们，也没有人来通知我聚会的时间，我呢，在忙碌的功课中，在恋爱的幸福里，也无暇主动地去和他们联络。因此，我好久都没有大家的消息，直到有一天，怀冰突然气急败坏地来找我："蓝采，你知不知道祖望出了事？"

"怎么？"我惊愕地问。

"他喝醉了酒，骑着自行车，从淡水河堤上翻到堤底下去，摔断了一条腿！"

"什么？"我大惊，"这是多久以前的事？"

"两天以前，现在在 ×× 医院。"

"你去看过他没有？"

"没有，我正来找你一起去。"

"等我一下。"

我跑进去和妈妈说了一声，立即走了出来。我和怀冰一面走向公共汽车站，一面谈着。我问："祖望从不喝酒的，怎么会去喝酒呢？而且，他一向做任何事都是小心翼翼的，会骑着自行车翻下河堤，简直是不可思议的事！假如是无事忙或者三剑客，都还有可能，祖望怎会如此糊涂？"

"还不是受了刺激！祖望就是那么傻里傻气的！"

"你是说彤云？"我问。

怀冰点了点头，叹口气说："有那么傻的姐姐，又有那么傻的爱人！"

"你是什么意思？"我怔了一下。

"彤云完全是为了紫云，你看不出来吗，蓝采？她对妹妹的感情好到连爱人都要相让，结果，祖望却受不了她的拒绝，一个人跑去喝酒，当晚就出了事！"

"我不认为彤云完全是为了紫云，"我说，"彤云不会那么傻，爱情又不是糖果或玩具，可以送给别人的！"

"事实是如此！"怀冰说，"我问你，假若你的一个亲密到极点的好友，也爱上了柯梦南，你会让吗？"

我望着怀冰。

"不！"我说，"绝不可能！你呢？你会让掉谷风吗？"

她想了想，也摇摇头。

"所以，"她说，"我们都没有彤云伟大。"

"不能这么说，"我不赞同地说，"你忽略了人性，彤云这么做是不合理的，如果这其中没有别的隐情，彤云就是个大傻瓜！"

"人有的时候就是很傻的。"

"但是，彤云是个聪明人。"

"就因为是聪明人，才会做傻事呢！"

我愣了愣，怀冰这句话仿佛哲理很深，粗听很不合理，仔细一想，却有她的道理在。我不说话了，我们默默地走向车站，我心里恍惚不定地想着，我们这一群人都不笨，都是聪明人，是不是也都会做些傻事呢？

我们到了医院，祖望住的是二等病房，一间房间两个床位，但是另一个床位空着，所以就等于是一个人一间。我们去的时候，谷风已经先在那儿了，无事忙和水孩儿也在，另外，就是彤云和紫云姐妹。祖望的父母反而不在，大概因为我们人多，他们又要上班，就不来了。我们一进去，就把一间小房间挤得满满的了。

祖望躺在床上，腿已经上了石膏，头也绑了纱布，手臂上也缠着绷带，看样子这一跤摔得非常厉害。好在没有脑震荡什么的，他的眼睛大大地睁着，神志十分清醒。

"瞧！又来了两个！"无事忙看到我们就嚷着，"祖望，你简直门庭若市呢！刚刚一个护士小姐抓着我问，你是不是交游满天下，怎么朋友川流不息的！"

我们走到床边上，我问："怎么搞的，祖望？"

祖望苦笑了一下，笑得凄凉，笑得苦涩。

"天太黑，我看不清楚路。"他低声说。

紫云坐在床沿上，痴痴地望着祖望，听到这句话，她眼圈陡地一红，忍不住地说："什么天太黑？好好地去喝酒，又不会喝，自己找罪受吗？！何苦呢？"

她的眼睛闭了闭，再扬起睫毛时，已经满眶泪水，祖望注视着她，他的脸色变了，用牙齿轻轻地咬了咬嘴唇，他的眼光温柔地停在她的脸上。然后，他拍了拍她放在床沿上的手，像安慰孩子似的说："我根本没什么关系，紫云，我很快就会好的，真的，紫云。"

经他这样一安慰，紫云完全控制不住自己了，她猛然间扑倒在他床边上，"哇"地大哭了起来，哭得好伤心好伤心，似乎把她所有的痴情，所有的委屈，所有的焦虑和担忧，都借这一哭而发泄无遗了。祖望大大地动了容，费力地支起了身子，他抚摩着她的头发，一迭连声地说："怎么了？怎么了？紫云？我真的没什么呀，你看，我只不过伤了点皮肉呀！噢，紫云！"

他的手揽住了她的头，眼眶也不由自主地湿润了。彤云站在床边上，目睹这一幕，也不住地用手擦着眼泪，但是她的唇边带着笑，分不出是喜悦还是悲哀。然后，我们忽然醒悟到应该退出这间房间了，我对怀冰和水孩儿使个眼色，拉着彤云、谷风和无事忙，一起悄悄地退出了房间，留下紫云和祖望，让他们好好地哭一哭，好好地诉一诉。无事忙为他们关上了房门，站在门口说："我要守在这儿，帮他们挡驾别的客人。"

一个护士被哭声引来了，急匆匆地要冲进病房里去，无事忙一把拦在前面，笑着说："别去，小姐，里面没事！"

"有人哭呢！"护士小姐说。

"你没听过哭声吗？"无事忙笑着问，"别去打断她，这眼泪是可以治伤口的，比你们的特效药还好！"

那护士莫名其妙地望着我们，摇了摇头，又莫名其妙地走开了。我们大家彼此对望了一下，都禁不住地微笑了起来。

我拉了拉彤云的袖子，低低地说："我要审你，彤云。"

我和她离开了大众，走下医院的楼梯，来到医院前的大花园里，站在喷水池前，我说："你想做圣人吗，彤云？"

"想做凡人。"她说，安安静静地望着水池中的荷叶。

"你真不爱祖望？"

"我告诉过你。"

"你确定？你不会弄错自己的感情？"

她抬起头来，深深地望着我，好一会儿，她说："最起码，我没有紫云那么爱他，我对他的感情早就不忠实了。"

"我不懂。"我说。

"我告诉你吧，"她深吸了一口气，"我确实跟祖望好过一阵，有一段时间，我甚至想，我会爱上他的，会跟他结婚，会跟他过一辈子。可是，当有个男孩子闯进来的时候，我马上就变了。这证明我对祖望的感情没有生根，也禁不起考验。而紫云不同，她从高中的时候起，眼睛里就只有祖望一个人，从没有对其他任何一个男孩子动过一点点心。所以，她才是祖望所该爱的人，她才是能给祖望幸福的人。你懂了吗，蓝采？"

"还是不太懂，"我凝视她，她的眼光热情而坦白。

"你是说，你和另外一个人恋爱了？"

"不是我和另外一个人恋爱了，是我爱上了另外一个人，但是，这已经是过去了。"

"圈圈外的？"

"圈圈里的。"

"谁？"

"你难道不知道？"

我们相对注视，好半天，两人谁也不说话。然后，她洒脱地一笑，用手拍抚着我的肩膀，故作轻松地说："别放在心里，蓝采，这事早就成为过去了，每个女孩子都会做一些傻气的梦的，是不是？何况，在我们这个圈圈里，有几个女孩没有为他动过心呢？除去一片痴情的紫云，和永不会恋爱的何飞飞以外。"

我垂下头，水池里的一片大荷叶上面，滚动着一粒晶莹的小水珠，映着日光，那小水珠闪烁出五颜六色的光线。彤云碰了碰我，说："你对我的话介意了？"

"不，只是有点难过。"

"为了我？"她问，笑了，"别傻了，蓝采。每个人有属于每个人自己的幸福，你焉知道有一天，我不会比你更幸福？"

我抬起头来，诚恳地望着她那对闪亮的眸子，握紧了她的手，我由衷地说："但愿你会！我祝福你！彤云。无论如何，你在我的眼睛里是伟大的。"

"别轻易用伟大两个字。"她说，"我们都很平凡。不过，生命多复杂呵！假若我们每个人都像何飞飞一样单纯就好了！"她叹息了一声。

　　是的，生命多么复杂，像荷叶上那粒滚动的小水珠，闪烁出那么多五颜六色的光彩。但是，它是美丽的！

第十五章

当祖望完全复原的时候，已经是柯梦南入伍的前夕了。为了庆祝祖望的康复，为了欢送柯梦南，我们在谷风家里举行了一个盛大的晚宴。

因为人太多，我们采取了自助餐的形式，饭后，大家散在客厅里。不知怎么，竟失去了往日的那份欢乐和高谈阔论的情绪，我和柯梦南是离愁万斛，祖望和紫云是两情脉脉，彤云的心情一定很复杂，水孩儿和纫兰一向就比较沉默。最奇怪的，是连何飞飞都提不起劲来，一个人缩在客厅的角落里，安静得出奇。客厅人那么多，大家都不说话，就显得特别地沉闷和别扭。最后，还是小俞忍不住了，站在房子中间，他大声地说："今天是怎么回事？大家都变成哑巴了？"

"来玩点什么吧！"小张说。

没有人接腔，小何走去开了唱机，放上一张探戈舞曲的唱片，音乐声冲淡了室内的严肃，又增加了几分罗曼蒂克的情调。小何走到何飞飞的面前，弯了弯腰说："请你跳支舞好吗？"

　　"不好！"何飞飞干脆地回答。

　　"你怎么了？"小何问，"吃了炸药吗？"

　　"砰！"何飞飞说。

　　"爆炸过了，就跳支舞吧！"小何好脾气地说。

　　何飞飞不带劲地站了起来，谷风和怀冰已经跳起舞来了，探戈舞曲就有那么一种轻快优雅的浪漫气息，柯梦南看了看我，我们一语不发地站了起来，滑进了客厅的中央。紫云和祖望也跳起来了，一时间，大家都纷纷起舞。

　　我依偎在柯梦南的身边，舞动着满怀柔情，也舞动着满怀愁绪。整整跳完一支曲子，我们一句话都没有说。许多时候，沉默是最好的语言。探戈舞曲结束之后，不知是谁换上了一张慢华尔兹。又不知是谁把客厅的大灯关了，就留下一盏小壁灯，室内光线幽暗，音乐轻柔。我的头倚靠在柯梦南的肩上，他的下巴轻轻地擦着我的额，我们旋转着，旋转着，旋转着，旋转着……

　　"蓝采。"他轻轻地唤我。

　　"嗯？"

　　"蓝采。"他再唤了一声。

"嗯？"

"蓝采，蓝采，蓝采！"他不停地唤着，声音温柔得像一声叹息。

我们旋转着，旋转着，旋转着，旋转着……

"我入伍以后你要做些什么？"他问。

"想你。"我说。

"还有呢？"

"还是想你！"

"还有呢？"

"想你，想你，想你！"我不停地说着，像是梦中的呓语。

"一直想到你回来。"

"蓝采！"

"嗯？"

"我爱你。"他轻轻轻轻地说。

我闭上眼睛，泪水充溢在我的眼眶里，依偎着他，我不敢张开眼睛，怕他的面容在我的泪眼中变得太模糊；我不敢说话，怕我已经紧逼的喉咙会不受控制；我也不敢思想，怕那成千上万的离愁会把我绞死。

我们继续旋转着，旋转着，旋转着，旋转着……

突然间，音乐停了，突然间，客厅中灯光大亮，我们惊愕地停住，我张开眼睛，这才发现整个客厅中只有我们一对在跳舞，跟随着灯光的明亮，周围爆发了一阵掌声和笑声，中间夹着小俞的叫嚷："多么美！多么好！多么罗曼蒂克！"

我的脸一定烧得通红了，这些人多恶作剧啊！可是，这些恶作剧又多么亲切，多么善良呵！

灯光重新转暗，何飞飞走到我们面前来："蓝采，把你的舞伴借我一下好吗？"

"当然好。"我笑着让开。

"你知道，蓝采，他一直欠我一支舞，"何飞飞说，"在化装舞会的时候，他说好要陪我跳最后一支舞，但是他陪你跳了，你不知道我吃醋得多厉害。"

"是吗？"我问。

"真的，"她夸张地叹息了一声，"我回家去后一直哭到天亮呢！"

"记住，那天散会的时候已经天亮了。"柯梦南提醒她。

"那么，我是一直哭到天黑。"

"我很同情。"我笑着说。

"你嘲笑我，蓝采，"她板起脸来，"你多残忍！只因为你是胜利者，你就这么欺侮我。其实，我觉得我比你可爱，就不知道柯梦南怎么会爱上你而不爱我？"她掉头瞪视着柯梦南，"为什么？"

"谁说我不爱你？"柯梦南笑吟吟地，"我才爱你呢！"

"真的？"何飞飞扬起了睫毛，闪烁的大眼睛向他逼近了。

"真的？真的？"

"真的，像爱我家那只小哈巴狗一样。"

"哼！"何飞飞气呼呼地说，"柯梦南，你变坏了。"

"都是跟你学的。"柯梦南继续笑着。

"好吧！不跟许多噜苏了！"何飞飞拉住了他，"陪我跳支舞吧，跳完了这支舞，就算我们之间的账结了，我就不再为你伤心了。"转向了我，她说："蓝采！你不会吃醋吧？"

"保证不会！"我说。

"那我就放心了，"她说，"不过，假如他是我的爱人啊，我连他看别的女人一眼都不许！"

"你不是别的女人，你是哈巴狗嘛！"我说。

"噢，蓝采！"她瞪大了眼睛，"你们联合起来欺侮我，你们是恩恩爱爱的，我是你们的玩意儿，给你们消遣找趣儿的！噢，蓝采，你多残忍！你是我平生碰到的最残忍的人，不只你，还有你！"她望着柯梦南。

"好了，你的牢骚发够了没有？"柯梦南问。

音乐已经又响起来了，是一支快华尔兹，何飞飞不说话，他们开始跳起舞来。我正预备退下去，谷风接住了我，笑着说："跟我跳一曲吧，蓝采，怀冰被三剑客抢走了。"

我们跳着，谷风说："你们什么时候订婚，蓝采？"

"还不知道，等他受完军训再说吧！"

"紫云和祖望要订婚了！"

"是吗？"我并不惊异，"多好！又是一对！"

"你帮帮小俞的忙吧！"谷风说，"他对何飞飞着迷了！"

"真糟！偏偏是何飞飞！"

"怎么？"

"她是不会恋爱的！她还是个小孩子，没开窍呢！"

"小俞也知道，"谷风说，"但是，总要有一个人帮助她长大呀！"

"何必呢？"我说，"她多快乐呀！"

真的，我望过去，她正和柯梦南酣舞着，她的上半身微向后仰，小小的鼻子美好地翘着，她仿佛跳得很开心，旋转得像一个展开翅膀的小银蝴蝶。她是会享受生活的，不是吗？

她不必和某一个人恋爱，却拥有每一个人的喜爱，这也够了，不是吗？

一曲既终，柯梦南回到我身边来，拭去了额前的两粒汗珠，他对我苦笑着摇摇头："这个小妮子，我拿她真没办法！"他说。

"谁拿她有办法呢？"我笑着说，"她又跟你开玩笑了？"

"可不是！"他说，握住了我的手，"蓝采，我们溜到花园里去，好吗？"

我们溜了。室内灯光暗淡，音乐喧腾，大家都在酣舞之中，没有人注意到我们溜走。我们到了花园里，园中玫瑰正盛开着，满园花香，满园月影，花木参差。我们肩并着肩，一直走到水池前面。水池中有月亮的倒影，有花树的倒影，还有我们的倒影。

"看到了吗？"他低低地问我。

"什么？"

"水里，"他指指我们的影子，"我们就要这样并肩，永远站在一块儿。"

晚风轻拂着，水面漾起无数的波纹，一瓣石榴花的花瓣轻轻地飘落在水池里，我们的影子荡漾着，荡漾着，好半天才平息。两个头，聚在一块儿，重叠着花影、树影、云影。

我们抬起头来，长长久久地对视着。

"我爱你，蓝采。"他低低地说，"我每一根纤维都爱你。"

我靠近了他，他俯下头来，他的嘴唇灼热而湿润。我紧揽着他的头，意识从我的胸腔里飞走，飞走，飞走……飞到不知道什么地方去，飞得那么遥远，那么遥远，似乎永远不再回到我的身体里了。

然后，我恍恍惚惚地听到一个歌声，很远很远，很细微很细微，唱的是：

我曾有数不清的梦，

每个梦中都有你，

我曾有数不清的幻想，

每个幻想中都有你，

我曾几百度祈祷，

祈祷命运创造出神奇，

让我看到你，听到你，得到你，

让我诉一诉我的心曲，我的痴迷。

只是啊，只是——你在哪里？

我的意识还没有回复，那歌声消失了，并没有引起我们的注意。好一会儿，我们分开了，我才神思恍惚地说："听到了吗？"

"什么？"

"有人在唱歌。"

"是客厅里传来的吧！别管它！"

我们继续留在花园里，直到客厅的灯光大亮，我们不能不回到人群里去了。

怀冰迎着我们。

"何飞飞呢？"她问。

"何飞飞？"我一怔，"我不知道呀！"

"她不是和你们一起到花园里去了？"

"没有呀，我们没看到。"

"这鬼丫头不知溜到哪儿去了。"怀冰说，"八成她又要耍花样。随她去吧！来，你们刚好赶上吃宵夜，我和彤云合作，煮了一锅莲子汤。"

我们跑了过去，跟着大家吃喝起来，夜已经深了，我们吃了很多很多。而何飞飞呢，那晚她没有再出现，直到大家都追查她的下落时，谷风家的下女才报告说，她早已经悄悄地一个人走掉了。

为什么？没有人问，她原是个鬼神莫测的疯丫头嘛！

第十六章

我们犯了多大的错误！我们是多么的幼稚和疏忽，经常只凭自己的直觉，而肯定一切的事与物，我们只是一群不懂事的孩子，一群自作聪明的傻瓜！

等我们了解过来的时候，往往什么都迟了。

一年很快地过去了，这一年，柯梦南在南部受训，我又即将毕业，生活就在书信往返和繁重的功课重压下度过。怀冰他们也都是大四了，每个人的生活都不像往年那样轻松，因此，圈圈里的聚会停止了，变成大家私下来往，即使是私下来往，也都不太多。我和怀冰、彤云姐妹比较接近，至于水孩儿和何飞飞，这一年几乎都没有见到过。

"何飞飞还是老样子，一天到晚嘻嘻哈哈的，没个正经样，"怀冰有时告诉我一些她的情形，"而且越来越疯疯癫癫了。现在人人都管她叫疯丫头了。"

"小俞追到她没有？"

"早就吹了，何飞飞这人呀，恐怕一辈子也不会恋爱，她眼睛里的男孩子和女孩子好像都没有什么分别的！"

"水孩儿呢？"

"要结婚了！"

"真的？"

"对象是个商人，经营塑胶加工的，比水孩儿大了二十岁，而且是续弦。"

"什么？"我惊异地问，"她干吗要嫁这样一个人？"

"那人是个华侨，可以带她到美国去，现在去美国变成一窝蜂了！"

"可是，水孩儿不是这样的人，"我肯定地说，"她一向就是个纯情派，既没有崇洋心理，也不爱虚荣，她是最不可能为金钱或物质繁荣而出卖自己的！"

"世界上的事没有绝对的，地球每秒钟都在转动，什么都在变。蓝采，你对人生又了解多少？"

真的，我对人生又了解多少？在接下来的那件大变故中，我才明白我实在一无所知！

又是暑假了。

柯梦南被调回台北某单位中受训了，这比我的毕业带来了更大的喜悦，一连好几个晚上，我都和柯梦南在一起，诉不完的思念之情，说不尽的相思之苦，欢乐中糅合着欢乐，喜悦中掺和着喜悦，我们又几乎把天地和日月都忘了。

　　整个圈圈里都知道柯梦南调回台北了，这个暑假是很特别的，大家都毕业了，男孩子们马上就要受军训，不知道会被分到什么地方去，女孩子们呢，有的准备要留学，有的准备要结婚，有的要到外埠去工作。我们这个小团体，眼看着就要各地分飞、风流云散了。如果我们还想聚会一下，这暑假最初的几天就是最后的机会了。刚好柯梦南有三天的休假，于是，谷风和怀冰发起了一趟旅行，决定大家一起去福隆海滨露营。

　　这是我们圈圈里最后一次的聚会。

　　我们全体都去了，浩浩荡荡的一大群人，带了四个帐篷，男生住两个，女生住两个。锅、盆、碗、壶都带全了，还有毛毯、被褥、游泳衣等。柯梦南还带着他的吉他。小何带了口琴。我们预计要在海边住两夜，玩三天。白天可以游泳，吃野餐。晚上可以赏月，听潮声。

　　海边美极了，蓝的海，蓝的天，白的浪，白的云，还有那些带着咸味的沙，和在浅海中游来游去的、五颜六色的热带鱼。我们把帐篷架好之后，就有一半的人都换上游泳衣，窜进了海浪里。离开了都市的烦嚣，我们开心得像一群小孩子，不断地在海边和水里呼叫着、嬉笑着、打闹着、追逐着。水孩儿和何飞飞在海浪中大打出手，彼此用海水泼洒着对方，然后又彼此去捉对方的脚，最后两个人都灌了好几口海水，把旁边的我们都笑弯了腰。

海边的第一天简直是醉人的，我们都被太阳晒得鼻尖脱皮、背脊发痛，都因为游泳过多而四肢酸软无力。但是，当落日被海浪所吞噬，当晚霞映红了海水，当晚风掠过海面，凉爽地扑面而来，我们又忘记疲倦了。海上的景致竟是千变万化的，我们神往地站在沙滩上，望着远天的云彩由白色转为金黄，由金黄转为橘红，由橘红转为绛紫，由绛紫而转为苍灰……海水的颜色也跟着云彩的变幻而变幻，美得使我们喘不过气来。然后，一下子，黑夜来了，天空闪烁出无数的小星星，海面变成了一片黑暗，闪耀着万道粼光，夹杂着海浪汹涌的、声势雄壮的呼啸、怒吼和高歌之声。

我们把毯子铺在沙滩上，大家浴着星光月光，坐在毯子上面。冥想的冥想，谈天的谈天。柯梦南怀抱着他的吉他，跟我坐在一块儿，有一声没一声地拨弄着琴弦。我的头倚在他的肩上，用全心灵在领会着生命的那份美、那份神奇。

接着，渔船出海了，一点一点的渔火，像无数的萤火虫，遍布在黑暗的海面上，把海面点缀得像梦境一般。渔火闪闪烁烁，明明暗暗，和天上的星光相映。我们眩惑了，迷醉了。

瞠视着海面，大家都无法说话，无法喘息，美呵！

我们一生也没有领略过这种美。尘世所有的困扰都远离我们而去，我们的生命是崭新的，我们的感情是醒觉的。这份美使我们不只感动，而且激动。

渔火慢慢地飘远了，飘远了，飘远了，终于被那茫茫的大海所吞噬了。当最后一点渔火消失之后，我禁不住长长地吐出一口气来。柯梦南也不知所以地叹息了一声，重新拨弄起他的琴弦，小何也吹起了口琴。

何飞飞不知道什么时候来到了我们的身边，用手抱着膝，她把下巴放在膝头上，安安静静地坐在那儿。她的大眼睛对柯梦南闪了闪，轻声地说："柯梦南，为我唱支歌吧！"

"为你吗？"柯梦南不经心地问。

"是的，为我，你的每支歌都让我着迷呢！"何飞飞说着，我不由自主地看了她一眼，忽然有某种异样的感觉，是我神经过敏吗？我觉得她的声音在颤抖。

"好吧，我唱一支，你喜欢听什么？"

"那支《给我梦想中的爱人》吧！"何飞飞说。

柯梦南拨弄着吉他，开始唱起那支歌来，歌声缠绵而轻柔地随着海风飘送，海浪拍击的声音成为他的伴奏。这歌有那么深的感人的力量，尽管我已经听了几百次，它仍然引发我胸中强烈的激情。

......

我曾几百度祈祷，

祈祷命运创造出神奇，

让我看到你，听到你，得到你，

让我诉一诉我的心曲，我的痴迷……

　　他唱完了，我们都那么感动。没有人鼓掌，怕掌声破坏了这份情调。大家静了好一会儿，四周只有风声、潮声，和柯梦南吉他的琤琮之声。然后，何飞飞悄悄地站了起来，一个人钻进帐篷里去了。

　　夜渐渐地深了，但是，大家都了无睡意，躺在毯子上，怀冰建议我们做竟夜之谈。我们谈着星星，谈着月亮，谈着海浪，谈着我们那些不着边际的梦想，论着谈着，有些人就这样睡着了。海风逐渐加强，我开始感到凉意，站起身来，我想去帐篷里拿一件毛衣，柯梦南一把拉住了我，说："别走，蓝采。"

　　"去帐篷里拿一件衣服，马上来！"我说。

　　"一定要来呵，蓝采，我们一生都不会再碰到这么美的夜！"他说。

　　我怔了怔，这话何其不祥，但是，这是什么年代了，哪儿跑来这些迷信？我向帐篷走去，一面说："一定就来。"

　　钻进了帐篷，我吃了一惊，帐篷顶上挂着一盏灯，灯下，何飞飞正孤独地睡在帐篷里，她的脸朝着帐篷的门口，眼睛清亮地睁着，满脸都是纵纵横横的泪痕。我喊了一声："何飞飞！"

她也猛然吃了一惊，似乎没有料到我的闯入，一骨碌从地上坐起来，她慌张地拭着泪痕，我跪下去，用手按住她的肩膀，我说："怎么了，何飞飞？"

"什么怎么了？"她做出一个勉强的笑容，反问了我一句。

"我没事呀！"

"告诉我，何飞飞，"我说，"到底是什么事？"

她对我扮了个鬼脸，笑着说："怎么我一定该有事呢？难道你以为我失恋了？"

我心里怦然一动，紧盯着她，我说："是吗？"

"什么是吗？"她装糊涂。

"你自己说的。"

"失恋？"她大笑，握着我的手说，"是呀，我告诉过你的嘛，我爱上柯梦南了。"

我继续紧盯着她。

"是吗？"我再问。

"哎呀，蓝采！"她叫了起来，"你以为全天下的女人都和你一样，会对柯梦南发狂的呀！"

"那么，你干吗要哭？"

"哭？谁说我哭来着？"她挑着眉梢，瞪视着我，嬉皮笑脸的。"告诉你吧，我在海水里泡得太久了，海水跑到眼睛里去了。当时我不觉得疼，现在眼睛越来越不舒服，风一吹就要流眼泪，所以我就到帐篷里来躺躺，刚刚滴了眼药水，你以为是什么？我在哭吗？"她叹了口气，"你们学文学的人呀，就是喜欢把任何事情都小说化！赶明儿你还会对人说，何飞飞失恋了，一个人躲在帐篷里哭呢！"

我凝视着她，是这样的吗？她那明朗的脸庞上，确实找不到什么乌云呢！显然又是我神经过敏了，何飞飞本不是个多愁善感的人嘛！我释然地站起身来，说："那就好了，你还是多躺躺吧！外面风好大，当心眼睛发炎，别吹风吧。我来拿件毛衣。"

取了毛衣，我重新回到沙滩上，在柯梦南身边坐下来。柯梦南问："怎么去了这么久？"

"何飞飞的眼睛不舒服，跟她谈了几句。"

"怎么了？"

"大概进了海水。"

我们不再关心何飞飞的事了，望着那像黑色缎子般反射着光亮的海水，望着那无边无际地闪烁着星星的天空，我们静静地依偎着，有谈不完的话、计划不完的未来。

"蓝采，跟我一起留学吧！我已经申请到三个学校的奖学金，仅仅靠奖学金，也够我们在国外的生活。"

他说。

"我丢不开妈妈，"我说，"她只有我一个女儿！"

"和她商量商量看！"

"如果和她商量，她会鼓励我跟你去，她是只为我的幸福着想的，我们不能太自私，是不，梦南？"

他沉吟了，我仰躺下来，头枕着手，望着天空。

"如果你要去，什么时候走？"我问。

"明年春天，我结训以后。不过，这还要看你，你不去，我也不去。"

"傻话！"我说，"你该去，我们可以先订婚，等你留学回来，我们再结婚！"

"谁知道我要去几年？"他说，"任何一种成功的引诱，都抵不上和你片刻的相聚。别说了，蓝采，你不去，我也不去。"

"你真是孩子气。"我说，"两情若是久长时，又岂在朝朝暮暮？"

"这是诗人的自欺之言，蓝采，"柯梦南说，"两情相知，就在于朝朝暮暮呢！假若爱人们都不在乎朝朝暮暮，那么也不必结婚，也不必因分别而痛苦了。总之，我是俗人，蓝采，我要争取能跟你相聚的每一分、每一秒，不但朝朝，而且暮暮！"

"你傻！柯梦南。"我说。

"是的，我把感情看得重于一切，名利，前途！这该是我母亲的遗传。"

"你很久没去看你父亲了吧?"我不经心地问。

"别提他!蓝采!"

"你不该和你父亲记恨,"我说,"他总归是你父亲!"

"他是个刽子手,他杀了我母亲!我永远不会原谅他,你别帮他说话!"他烦躁了起来。

"或者他是无意的,或者他不能自已,或者他有苦衷,你该给他解释的机会,不该拒绝他!例如我,虽然我的父母离婚了,但我不恨我的父亲,假若他有一天回来了,我会投进他的怀里去!"

"我们的情况不同,不要相提并论,"他打断了我,又冷冷地加了一句,"你辜负这么好的夜晚了,蓝采。"

我不再说了,我了解他,别看他外表很温柔,固执起来的时候,他是毫不讲理的。然后,我们又谈起别的来,谈起即将来到的黎明,谈起我们无数无数个明天。一直谈得我们那么疲倦,那么尽兴,那么销魂,然后,不知道怎么回事,我就这样睡着了。睡在天幕的底下,睡在大海的旁边。海,不断地汹涌着,喧闹着,歌唱着……是一曲最好的催眠曲。

第十七章

　　我被强烈的太阳光所照醒了，迎着阳光，我睁不开眼睛，支起身子来，我满头发里、满衣襟里都是沙。好不容易张开了眼睛，柯梦南正站在我面前，对着我微笑。

　　"早，"他说，"我的睡美人。"

　　"几点了？"我懒洋洋地问。

　　"不到七点。"

　　"太阳出得真早呀！"

　　"太阳五点钟就出来了，你错过了日出，又错过了渔船的归航。"

　　"你一夜都没有睡么？"我问。

　　"睡不着，看你睡比什么都好，像一幅最美的画。"

　　我有些腼腆，生平第一次，就这样在露天之下睡着了。何况，还在一个男人的注视之下。站起身来，我掠了掠头发，又扑掉满衣服的沙子。这才发现自己浑身都是沙，连睫毛上、眉毛中和嘴巴里都是。扑了半天，也弄不清爽，我说："我要去泡泡海水。"

"去吧！换游泳衣去，我等你！"

我向四面看了看，一半的人都已经换了游泳衣，钻进海浪里去了，还有几个犹在睡梦之中。柯梦南说："你去换衣服，我去给你买点吃的来，空着肚子游泳最不卫生！"

"好！"我说着，跑进帐篷里去了。

帐篷中很阴暗，但是也很闷热，何飞飞已经不在了，大概早就跑去游泳了。帐篷里只有水孩儿，也在翻找着游泳衣。

"你先换吧，我帮你看着门。"我说。

她换起衣服来，我说："听说你要结婚了。"

"是的。"她说。

"准备请大家吃喜酒吗？"

"恐怕没办法，他在美国，我要到美国去结婚。"

我望着她。

"水孩儿。"我喊。

"嗯？"

"你为什么要嫁这样一个人？你爱他吗？"

她愣了愣，用牙齿轻咬着嘴唇，注视着我。然后，她又继续换着衣服。

"并不是每一个人都和你一样幸运，可以得到爱情的，蓝采。"她说。

"我不懂。"

"我想，我和他谈不上爱情，"她说，"他需要一个妻子，看中了我的容貌，我呢——"她顿住了。

"你呢？"我追问，"你所为何来？"

她深深地注视着我，接着却不知所以地笑了笑，说："就这么回事，嫁一个丈夫，有一个安定的家就行了，他的年纪比较大，可以保护我，我一向是需要人保护的，我很女性，我承认。"

"没有爱情的婚姻是可怕的！"我说。

"别武断！"她站到前面来，"帮我系一系带子！"

我帮她系好游泳衣的带子，她说："我来帮你看门，你换衣服吧。"

我换着衣服，一面说："我还是不懂你为什么要嫁给他？"

"蓝采，"她静静地说，"你一定要问，我就告诉你吧！我一度爱过一个人，柯梦南……噢，你别插口，听我说完，我很为他神魂颠倒过一阵，直到他和你恋爱了。好长一段时间，我怅然若失，然后，我碰到了这个人，他回台北来物色一个太太，对我很温柔、很体贴、很细心。于是，我想，我还有什么可求的呢？世界上只有一个柯梦南，不是吗？噢，别说，蓝采！就这样，我答应了他的求婚，不过，你放心，我会幸福的，结了婚，我就会竭尽心力去做一个好妻子，你懂吗？蓝采！你决不许为我担心，我今天会把这件事告诉你，就表示我对这事不在乎了。从今天开始，我们都把这件事抛开，谁都不要再提了，好不？"

我望着她，对她摇了摇头。

"水孩儿……"我想说什么，但我说不出来，只能呆呆地凝视着她。

"别烦恼，蓝采，我告诉你一句话，好吗？"她走过来，为我拉好游泳衣的拉链，揽住了我的腰，"我很快乐。"

"是真心话？"

"我发誓，百分之百的真实，我的那个他并不罗曼蒂克，但他很实在，对我，这样配合最好，因为我太爱做梦了。好了，别发呆了，你的他在叫你呢！"

真的，柯梦南正在外面直着喉咙喊："蓝采，你好了没有？蓝采！"

"去吧！"水孩儿拉了我一把，"我也要去游泳了！"

我们一起钻出帐篷，柯梦南正从远处走来。水孩儿对我和柯梦南抛下了一个微笑，就对着海浪冲过去了，我注视着她，直到她跑进了海水之中。柯梦南用手腕碰了碰我，说："你在干吗？这两杯牛奶都快要被太阳晒滚了！"

原来他一手端了一杯牛奶，穿过了辽阔的、太阳照射着的沙滩，又要维持牛奶不泼洒，又要注意脚下高低起伏的沙丘，已经走得满头满脸的汗珠，显得傻兮兮的。我看着他，禁不住扑哧一笑。接过牛奶，我说："我真不知道你什么地方迷人！"

他一怔，说："好说，蓝采，你从哪儿跑来这么一句话？"

"可是，"我长长地叹息了一声，"我爱你，柯梦南。"

他挽住了我，用手拍拍我的背脊。

"傻蓝采！"他说，"快喝牛奶吧。"

我们喝完了牛奶，放下杯子，他拉住我的手。

"走！我们游泳去！我要跟你比一下蛙式。"

我们手牵着手，向着大海跑去，海水淹没了我们的足踝、小腿、膝……我们继续跑着，一个大浪涌上来，一直扑到我们的下巴上，我大叫，他拉着我，把我拉倒下来，跟着海浪，我们淌出去了。

"游吧！"他说。

我们开始游了起来，像两条鱼，在水里穿梭不停。他潜在水中，捉住了我，把我拉到他的身边去，然后，在深深的水里，他吻住了我，我喘不过气来了，我们一起冲出水面，长长地透了一口气，拂掉满脸的水，我们注视着，相对大笑。

有个人穿了一身全红的游泳衣，像一支箭一般从水里射向我们，从我和柯梦南之间穿过去，把我们给分开了。那人从水里冒了出来，是何飞飞。

"噢，是你，何飞飞，"我笑着说，"你还是个冒失鬼，差点把我撞摔了。"她抹去了满脸的水，微笑地看着我和柯梦南，她的气色不好，眼睛红红肿肿的。柯梦南说："你的眼睛没好，怎么又跑来游泳了？再给海水泡泡，待会儿又要叫疼了。"

"谢谢你的关心，"何飞飞笑着说，声音非常特别。"我的眼睛没病，病在这里，"她用手指指胸口，然后对我们嫣然一笑，摆摆手说，"好了，不打扰你们，刚刚水里那一幕太动人了！拜拜！"

一头栽进了水里，她搅起无数白色的泡沫，又溅起好多的水珠，像条人鱼般一蹿就蹿得好远好远。我们目送她游远了，柯梦南望了望我，耸耸肩说："何飞飞是怎么回事？"

"她本来就是疯疯癫癫的嘛。"

柯梦南摇了摇头。

"不对，"他说，"她有些不对劲。"

柯梦南的话使我有种不安的感觉，但是，这份不安立即被柯梦南所分散了，他拉住我的手，说："来吧，别管她了，我们游泳吧！"

我们又重新游了起来，在水中又是追逐，又是嬉笑，玩得好不开心。游累了，我就躺在沙滩上的遮阳伞底下，他坐在我的身边，静静地看着我，用手指在我的皮肤上轻轻地划着，我张开眼睛来，我们深深地注视，痴痴迷迷地相对而笑。

沙滩上突然有一阵骚动，我们看到人群向同一个方向跑去，我坐起身来，问："出了什么事？"

然后，我看到三剑客从水中走上沙滩来，周围簇拥着一大堆人，小俞手里抱着一团红色。我直跳了起来，喘着气喊："是何飞飞！"

柯梦南也跳了起来，我们向那边飞跑而去，一大群人围在那儿，我抓住了彤云，问："怎么了？怎么了？"

"我也刚跑来，是何飞飞，不知道怎么了？"

我钻进人堆里，何飞飞正躺在地下，小俞在搓揉着她的腿，她却好好的，只是蹙着眉，咧着嘴叫"哎哟"，我问："什么事？怎么了？"

"没什么，"小俞笑嘻嘻地说，"她淘气嘛，腿又抽筋了！"

"噢，何飞飞，"彤云用手拍着胸口说，"你真吓了我一跳，我还以为来了条大鲨鱼，吃掉了你的一只脚呢！"

"哎哟，哎哟，好难受，"何飞飞一个劲儿地叫着，"你们别站在那儿笑嘛，帮我想想办法呀！"

"去帐篷里躺躺吧，"小俞说，"抽筋没什么好办法，我看你少游一点吧，这次旅行对你来说真不顺利，一会儿眼睛出毛病，一会儿腿又出毛病。"

"去帐篷吧，"怀冰说，"我的旅行袋里有松节油，擦一擦试试看。"

我们扶着何飞飞走进帐篷，男孩子们看看没什么事，立即就散开了，我对柯梦南说："我陪陪何飞飞，你去帮我们弄几瓶汽水来好不好？我口干了。"

柯梦南走了。我钻进帐篷，人都散光了，只有怀冰在给何飞飞擦松节油，一面揉擦着她的腿，以增加血液的循环。我走过去说："让我来吧，我游了一个上午，也要休息一下了。"

"好，"怀冰把松节油和药棉递在我手里，"那就把她交给你吧！我还要去泡泡水。"

我接过了松节油和药棉，坐在何飞飞身边，帮她揉擦了起来，怀冰钻出了帐篷，回过头来交代了一句："何飞飞，多休息一下，别马上又去游泳，腿抽一次筋就很容易抽第二次。好了，我等会儿再来。"

她走了，我搓着何飞飞的腿说："你倒真会吓人，远看着小俞把你抱上岸来，我还以为你淹死了呢！"

她突然长叹了一声，把头转向一边说："淹死倒也罢了！"

我愣了愣，说："这是怎么了？你这两天怎么一直怪里怪气的？"

她猛地转过身子来面对着我，我从没有看过她这样的神情，她的眼睛睁得大大的，里面燃烧着炙热的火焰，脸色却苍白得像一张纸，连嘴唇都失去了颜色。她的手抓住了我的手腕，手指是冰冷而战栗的，她喘着气，胸部剧烈地起伏着，口齿不清地说："蓝采，你救救我，我真的要死掉了。"

"这……这……这……"我大惊失色，"你怎么了？何飞飞？这是怎么回事？"

她的手紧握住我的手腕，手指都陷进我的肌肉里，接着，她浑身都像发疟疾般颤抖起来。她的大眼睛一瞬也不瞬地盯着我，微仰着头，她像个跋涉于沙漠之中的垂死者，在期待一口水喝那样，哀恳地说："蓝采，你救救我吧，只有你能救我！我完全不知道该怎么办才好，我要死掉了。我宁可死掉！"

"慢慢说，好不好？"我急急地说，"只要我能帮你的忙。"

"我爱上了柯梦南。"

"什么？"我惊呼。

"你听到了吗，蓝采？"她用手掩住了脸，陡地大哭了起来，"我爱上了你的爱人！爱了好多年了！我为他要发疯要发狂，我用各种方法来逃避，我用一切嬉笑的面孔来掩饰自己，可是，我没有办法，我已经无法自拔，我爱他！我爱他！我爱他！我要为他死掉了！噢！蓝采！蓝采！蓝采！"

我吓呆了，吓怔了，吓得无法说话了。她跪在地上，用手摇撼着我，神经质地哭喊着说："你听到了吗，蓝采？我爱他！从他在碧潭唱歌的那一天起，我就为他发疯了！我没有办法忘记他，我用了各种方法，各种方法！但是我忘不掉他呀！我不能再对你掩饰了，蓝采，你不知道我对他的那种感情，那种狂热，"她大大地喘着气，"我要死了！蓝采！"

她继续抓紧了我，我不由自主地向后退缩，嘴里喃喃地说着一些自己也不了解的话："你吓住了我……何飞飞，你吓住了我……你……你……别开玩笑吧！"

"开玩笑？我开玩笑？"她大叫了起来，脸色更加苍白了，她瞪着我的眼睛里喷着火，然后，她的牙齿紧咬住了嘴唇，她的头转向了一边，她咬得那么重，我看到鲜红的血液从她的嘴唇上滴了下来。放开了我，她背转身子去，用一种我从没有听过的那么凄楚的声音说："为什么我每次说出心中的话，别人都要当作我是开玩笑？"

我缩在那儿，不知道该如何回答，我还没有从那份惊吓中苏醒过来，帐篷中有了一阵短时间的岑寂，然后，她重重地甩了一下头，把头发甩向脑后，她的嘴唇还在流血，她的眼睛里闪耀着一种狂热的光彩，使她整个脸庞上都充满了某种疯狂的、野性的美丽。

"毫无用处的，是吗？"她对我说，声音显得无力而柔弱，"你无法救我的，是吗？"

我沉默了片刻，我的嘴唇干燥，喉咙枯涩。

"何飞飞，"我困难地说，"我不知道——我不知道该怎么说，我能怎样帮助你呢，何飞飞？你——你明白，爱情——并不是礼物，你——你懂吗？"

她对我缓慢地点了点头。

"我想，我懂，"她轻声地说，"我懂，我早就懂了，没有人能帮助我，没有！"她又咬住了嘴唇，旧的创口滴出了新的血，她转过身子，向帐篷外走。

"你去哪儿？"我本能地追问。

"去游泳，我的腿已经好了，海水可以冲掉一切，可以淹没一切！"她回过头来，对我凄凄楚楚地微笑，那微笑那么美，那么动人，那么孤苦，又那么无助，我一生都忘记不了那个微笑！"我去游泳，说不定海水可以浇灭我心头的火焰。忘记我对你说的话吧，我说了好多傻话，是不是？我真骨稽？是不是？"

"何飞飞！"我叫。

"再见！"

她"嗯"的一声，掀开帐篷的门，冲出去了。我也追到帐篷外面，这才看到，柯梦南抱着好几瓶汽水，像一根木桩般挺立在那儿，他一定听到了我和何飞飞的全部对白，他的脸色已经表明一切了。

蓦然看到他，何飞飞也大吃了一惊，但是，她并没有迟疑一秒钟，就对着大海跑过去了。柯梦南大喊了一声："何飞飞！"

接着，他的手一松，汽水瓶全体跌落在地下，汽水涌了出来，在沙子上冒着泡泡。他没有顾虑汽水，放开脚，他对着何飞飞追了过去，一面不停地喊着："何飞飞！何飞飞！何飞飞！"

一种锋利的、异样的感觉，尖锐地刺痛了我，我听到我自己的声音，严厉地喊："柯梦南！站住！"

他站住了，茫然地回过头来，瞪视着我。

"你要做什么？"我问。

"我——我——"他错愕地说，"我不知道。"

"你为什么要追她？"我问，喉咙更干了，"你听到她对我说的话了？"

他点点头。

"追到她以后，你要对她说什么？"我问，那尖锐的刺痛越来越厉害。

"我——我不知道。"他显得困惑而迷茫，"我只觉得应该去追她。"

我心里像烧着一盆火，有两股发热而潮湿的东西冲进我的眼眶里了，我望着面前这个男人，这个使多少女孩子魂牵梦萦的男人！我是个幸运者，不是吗？

"我为什么会和你恋爱？为什么？"我啜泣着说，"我背着多大的重负！先有彤云，又有水孩儿，现在又是何飞飞，我——我为什么要爱上你？"

"哦，蓝采，"他的声音显得轻飘飘的，"你别哭，蓝采。"

我真的哭了起来，因为那声音，那声音突然对我显得陌生了起来。某种直觉告诉我，何飞飞要得到他了。他不再是我的柯梦南了，他虽然站在我的身边，但是他的心已经不在这儿了。

"别哭，别哭，蓝采！"他重复地说着，他的手拍抚着我的肩，但是，他的眼睛正搜索着海面。

"你爱上她了。"我说。

"别傻！蓝采！"

"说不定你早就爱上她了，而你自己不知道。"

"别说傻话吧！蓝采！"他有些烦躁地跺了一下脚，"我应该追她去！"

"是的，你应该！"我尖刻地说，"去吧！你去吧！"

"蓝采！"他停了下来，用手捧住我的脸，他深深地注视我，然后，他叹息了一声，"好吧，蓝采，我哪儿都不去，陪你在这儿坐坐，好不好？"他拉着我坐在帐篷的阴影里。"别哭了，好吗？擦擦眼泪吧，好吗？最起码，这并不是我的过失，是不是？"

我擦干了眼泪，我们坐在那儿，有好半天都没有说话，我心中有种模糊的恐惧，悄悄地注视着他，我觉得他跟我之间的距离越变越远了。他的手无意识地掬着沙子，他的眼睛仍然迷茫地投向海面。

我们不知道这样坐了多久，然后，我听到三剑客在大声呼叫，我听到许许多多的人声，看到所有的人群在往海边跑，我本能地站起身来，但是，我的腿在发抖，这种颤抖又立即由我的腿蔓延到我的四肢，我想跑出去，却无法移动我的脚，我看到柯梦南抓住了飞跑过来的无事忙。

"出了什么事？"是柯梦南紧张的声音。

"何飞飞，她的腿又抽筋了，我们来不及救她！我要找一点酒精！"

"她怎样了？"柯梦南大声吼叫着问。

"在那边沙滩上，救生员和三剑客正在给她施人工呼吸！"

柯梦南拉着我向那边奔过去，我跌倒，又爬起来，爬起来，又跌倒，就这样跌跌撞撞的，我自己也不知道怎么跑到海边的。一大群人包围在那儿，却是死一般的寂静，我听到柯梦南在尖声地问："她怎样？"

"死了！"不知是谁的回答。

我听到一声可怕的尖叫，划破了寂静的空气，冲破了汹涌的潮声，最后，才知道那声音竟发自我的口中。我用手蒙住了脸，狂叫着说："不！不！不！不！不！不要！不要！不要！……"

有人扶住了我，我的头左右转侧着，不停地、疯狂地哭喊着说："不要，不要，不要，不要……何飞飞，求你，求你，求你！……"

接着，我的眼前一片漆黑，我倒了下去，失去了知觉。

第十八章

接着，我病了。

一连三天，我都是昏昏沉沉的，我脑海里一直浮着何飞飞的影子，不论是醒着，或是睡梦中，我都看到何飞飞，用一对燃烧着的眸子瞪着我，用一双冰冷的手抓紧了我，哀恳地喊："蓝采！你救救我吧！我要死了！你救救我！"

哦！何飞飞，何飞飞，何飞飞！我叫着，喊着，哭着，何飞飞！何飞飞！何飞飞！我哭得喘不过气来，挣扎着要抬起身子来，于是，有一双温暖的手按倒了我，一个细致的、轻柔的而又焦虑的声音在我耳边响起："蓝采，别动，好好地躺着，你在发烧呢！"

那是妈妈，我张开眼睛，一把抓住了妈妈的手，我喘息地哭喊着说："妈妈！你知道我做了些什么？我杀了何飞飞了！妈妈！"

我尖声地狂叫着："我杀了何飞飞了！我杀死了她！我杀死了她！你知道吗？妈妈！妈妈！妈妈！"

"噢，蓝采，别哭，别哭，别哭！"妈妈拍抚着我，用冷毛巾压在我的额上，不断地拭去我脸上的汗，"那不是你的错，蓝采，那不是你的错！"

"是我的错！是我的！是我的！"我大喊着，死命地扯住妈妈的衣服，"我拒绝帮助她！我让她心碎地跑开，又阻止柯梦南去追她！我害死她了！我杀死她了！妈妈！是我的错呀！妈妈！妈妈！"

我周身淌着汗，汗湿透了我的衣服、被单和枕套。我不停地哭喊着，哭喊着，哭喊着……但是，我再也喊不回何飞飞了！那个天真可人的女孩子！那个时时刻刻把欢乐播撒给大家的女孩子！噢！何飞飞！何飞飞！何飞飞！我每呼唤一声，这名字就像一把刀一样从我心脏划过去。于是，我忽然停止了哭喊，像弹簧一般从床上坐起来，拉住妈妈的手说："妈妈，我在做噩梦吗？根本没有福隆啦、露营啦、游泳啦这些事，是不是？何飞飞还好好的，是不是？妈妈，是不是？是不是？"

妈妈用悲哀的眼光看着我，我摇撼着她，大喊："是不是？是不是？妈妈！你告诉我！何飞飞在哪儿？何飞飞在哪儿？"

妈妈拭去了眼中的泪水，用手抱着我，一迭连声地说："孩子，孩子，孩子，我的孩子！"

于是，我大哭，哭倒在妈妈的怀里，妈妈也哭，我们哭成了一团。可是，我们哭不醒何飞飞，哭不回何飞飞。

三天后，我的烧退了，人也清醒了，只是软弱、无力，而满怀悲痛。我已经无法记忆我是怎么被送回家的，也无法记忆何飞飞是怎样被运回台北的。我最后的印象，就是沙滩上的一幕，何飞飞穿着火红的游泳衣，一动也不动地躺在那儿。

对我而言，这三天的日子，比三百个世纪还长久。奇怪的是，三天中，柯梦南一次也没有来看过我，我也几乎没有想到过他。我了解，他现在的心情一定比我更复杂、更惨痛。

或者，他还会有些怨我、恨我。我是该被怨的、被恨的，经过了这件事，我知道，我跟柯梦南之间，一切都不同了，不单纯了，也不美了。但是，我没有多余的精力来思索我和柯梦南的关系，我全部思想都还停留在何飞飞身上。一而再、再而三地去幻想整个的事件只是个梦，徒劳地渴求着醒来，醒来，醒来……醒来后一睁开眼睛，能看到何飞飞就在我面前，咧着嘴大笑着说："哎哟，真骨稽！真骨稽得要死掉了！我是逗你玩的呢！冤你的呢！"

如果她并没有淹死，如果整个只是她开的玩笑，我决不会和她生气，我会抱住她，亲她，吻她。只要……只要……

只要这不是真的！

第四天，怀冰来了，坐在我的床边，我们相对无言，接着，两人就抱头痛哭了起来。她一边哭，一边帮我擦着眼泪，一边说："蓝采，你绝不可以为这件事情怪你自己，绝不可以太伤心！"

"是我杀了她！怀冰，是我杀了她！"我哭着说，固执地说，"你不知道，是我杀了她！她来向我求救，你猜我怎么回答她？我说：'你要我怎么帮助你？爱情又不是礼物！'噢，怀冰，我杀了她了！她是安心去死的，我知道！"

"不，不，不是这样的，"怀冰也哭着，紧揽住我说，"你听我说，蓝采，你不可以这样想！出事的时候我也在，她是腿抽筋了，我听到她喊哎哟，也听到她呼救，可是那时候大家距离她都太远，她一向就是任性的，你知道，我们拼命游过去，她已经躺到警戒线外面去了，她还冒起来过两次，等无事忙抓住她的时候，已经晚了。总之，蓝采，这一切都是意外，你绝不可以那样想，你懂吗？"

"是我杀她的！"我说，"怎么讲都是我杀她的！我曾经阻止柯梦南去追她，假若柯梦南追到了她，一切就不会发生了！"

"你怎么知道呢，蓝采？"怀冰说，"说不定追到之后，悲剧发生得更大，你怎么知道呢？蓝采，别自责了，说起来，我也要负责任，假若我不发起这一趟旅行，噢，蓝采！"她掩住脸，泣不成声。"假如我们能预卜未来的不幸就好了！假如我们能阻止人生的悲剧……噢，蓝采，我们是人，不是神哪！"

我们相对痛哭，哭得无法说话，妈妈也在一边陪着我们流泪。哭了好久好久之后，我问："何飞飞呢？葬了吗？"

"没有，明天开吊，开吊之后就下葬。"

"明天？"我咬咬嘴唇，"我要去！"

"你别去吧！"怀冰说，"你还在生病！你会受不了的，别去了，蓝采！"

"我要去！我一定要去！"我坚定地说，"明天几点钟？"

"早上九点。"

我沉吟了一会儿，轻轻地问："她的父母说过什么？"

"两位老人家，噢！"怀冰又哭了，"他们不会说话了，他们呆了、傻了，何飞飞是他们的独生女儿，好不容易巴望着读大学毕业……噢！蓝采！"

我们又痛哭不止，手握着手，我们哭得肝肠寸断。啊，何飞飞！何飞飞！何飞飞！我们的何飞飞！

人怎么会死呢？我一直想不明白。一个活生生的、能哭、能笑、能说、能闹的人，怎么会在一刹那间就从世间消失？怎么会呢？怎么可能呢？当我站在何飞飞的灵前，注视着她那巨幅的遗容，我这种感觉就更重了。她那张照片还是那么"骨稽"，笑得好美好美，露着一口整齐的白牙齿，眉飞色舞的。她是那样富有活力，是那样一个生命力强而旺的人，她怎会死去？她怎能死去？

我们整个圈圈里的人都到了，默默地站在何飞飞的灵柩之前，这是我们最凄惨的一次聚会，没有一点笑声，没有一点喧闹，大家都哭得眼睛红红的，而仍然抑制不住唏嘘和呜咽。柯梦南呆呆地站在那儿，像一座塑像，他苍白憔悴得找不出丝毫往日的风采。我和他几乎没有交谈，除了当我刚走进灵房，他曾迎过来，低低地喊了一声："蓝采！"

我望着他，徒劳地嚅动着嘴唇，却说不出一句话来，他也立即转开了头，因为眼泪已经充塞在他的眼眶里了。我们没有再说什么，就一直走到何飞飞的遗容前面，我行不完礼，已经泣不成声。怀冰走上来，把我扶了下去，我嘴里还喃喃地、不停地自语着说："这是假的，这是梦，我马上会醒过来的！"

但是我没醒过来，我一直在梦中，在这个醒不了的噩梦之中！

何飞飞的父母亲都没有在灵前答礼，想必他们都已经太哀痛了，哀痛得无法出来面对我们了。在灵前答礼的是他们的亲属。直到吊祭将完毕的时候，何飞飞的母亲才走出来。她没有泪，没有表情，像个丧失了思想能力和一切意志的人，苍老、疲倦，而麻木。她手里捧着一沓沓厚厚的本子，一直走向我们，用平平板板的声音说："你们之中，谁是柯梦南？"

柯梦南一惊，本能地迎了上去，说："是我，伯母。"

何老太太抬起干枯而无神的眼睛来，打量着柯梦南，然后，她安安静静地说："你杀了我的女儿了！柯梦南。"她把怀里的本子递到柯梦南手里，再说："这是她生前的日记，我留着它也没有用了。几年来，这些本子里都几乎只有你一个人的名字，我把它送给你，拿去吧！"她摇摇头，深深地望着柯梦南，重复地说："你杀了她了，我知道她是怎么死的，你杀了她了！"

柯梦南捧着那些本子，定定地站在那儿，没有一个字可以形容他那时脸上的表情，他的面色死灰，嘴唇苍白，眼光惊痛而绝望。那位哀伤过度的老太太不再说话，也不再看我们，就掉转头走到后面去了。柯梦南仍然站在那儿，头上冒着汗珠，嘴唇颤抖，面色如死。

谷风走上前去，轻轻地拍抚着他的背脊，安慰地说："别在意，柯梦南，老太太是太伤心了！"

柯梦南一语不发地掉过头来，捧着那些日记本向门口走去，他经过我的身边，站住了，他用哀痛欲绝的眼光望着我，低低地说："我们做了些什么，蓝采？"

我咬住了嘴唇，不由自主地闭上眼睛，等我再睁开眼睛的时候，柯梦南已经走到门口了，我下意识地追到了门口，抓住门框，我惶然无主地问："你——要到哪里去？"

他回过头来看着我，他的眼光突然变得那么陌生了。

"我——要去看一个人。"

"谁？"

"我父亲。"他唇角牵动着，忽然凄苦地微笑了起来，"我该去看看他了。"

他转身要走，我忍不住地喊："柯梦南！"

他再度站住，我们相对注视，好半天，他才轻轻地说："蓝采，你知道，从今之后，对于我——"他停顿了一下，眼光茫然凄恻，"——生活里是无梦也无歌了，你懂吗，蓝采？"

我凝视着他，感到五脏六腑都被捣碎了。我懂吗？我当然懂。从今后，生活里是无梦也无歌了，岂止是他？我更是无梦也无歌了。

我没有再说话，只对他点了点头。

他走了，捧着那沓日记本，捧着一颗少女的心。

他走了。

何飞飞在当天下午，被葬在碧潭之侧。

第
十
九
章

这就是我们的故事。

我常回忆起何飞飞的话："瞧，整个就像演戏，谁知道若干年后，咱们这场戏会演成个什么局面？"

演成个什么局面？我们是一群多么笨拙的演员！还能演得更糟吗？还能演得更惨吗？到此为止，这场戏也该闭幕了。

那年冬天，水孩儿离台去美国结婚了，接着，美玲、小魏、老蔡……也纷纷离台。至于柯梦南，他是第二年的初春走的。

柯梦南离台的前夕，我和他曾经漫步在冷冷清清的街道上，做过一次长谈。自从何飞飞死后，我很少和他见面，这是葬礼之后我们的第一次倾谈，也是最后一次。我们走了很多很多的路，一直走到夜深。那又是个"恻恻轻寒翦翦风"的季节，天上还飘着些毛毛雨，夜风带着瑟瑟的凉意。我们肩并着肩，慢慢地踱着步子，穿过一条又一条的街道，步行于细雨霏微之中。

从化装舞会那夜开始，我就不知有多少次这样依偎着他，在街道上漫步谈天，诉说着我们的过去未来。但是，这一次和以前却是大大地不同了。我们都不再是以前的我们了，宇宙经过了一次爆炸后再重新组合，一切都已不复旧时形状。我们谈着、走着，都那么冷静，那么客观，又那么淡然，就像两个多年相处的老友，闲来无事，在谈他们的狗和高尔夫球似的。

"这次去意大利，是学声乐，还是作曲？"我问。

"主要是声乐，但是也要兼修作曲和管弦乐。"他说。

"要学几年？"

"学到学成为止。"

"我相信你会成功的。"

他没有答话，他的眼睛望着雨雾迷蒙的前方，嘴边浮起一个飘忽的微笑，这微笑刺痛了我，我发现我说的话毫无意义。我们沉默了很久，轻风翦翦，凉意深深，而细雨朦胧。

好一会儿，他说："蓝采。"

"嗯？"

"我们曾经有过一段很美丽的时光，是不是？"

"唔。"我模糊地应了一声，不太了解他这句话的用意。

"我永远不会忘记那段日子!"他轻声地说,"那是我生命里最美好的一部分。不过,蓝采,"他看了我一眼,"你一向最崇拜真实,我必须告诉你,假若何飞飞复活……"

"我知道,"我打断他,"你会爱上她。"

他低下了头,没有说话。我看看黑蒙蒙的天空,又看看那长而空的街头。心里十分明白,我的话说得还不够贴切,事实上,他已经爱上何飞飞了。

"那是一个好女孩。"好半天之后,他轻声地说,"假若你看过她的日记,那么深情,那么痴狂……噢!"他的喉咙塞住了,他没有说完他的话,他的眼光又投向空漠的雨雾了。仿佛那雨雾中有着他寻找的什么东西。

"她不该把这份感情隐藏起来。"我低声自语。

"她没有隐藏,她一再表示,表示了又表示,我们却从不重视她的话。"柯梦南叹了口气,"我是个傻瓜!"

我的心脏绞痛了起来,我已经没有地位了!往昔多少恩情,现在皆成泡影。我毕竟没有跟他远渡重洋,跟着他去的,是何飞飞的影子。

"蓝采。"他又叫了一声。

"嗯。"我茫然地应着。

"你会不会怪我?"

"我?怪你?"我望着他,他的眼光已从雨雾中收回来了，关注地凝视着我，那眼光非常温柔，温柔得使我不能不幻觉往日那个他又回来了。但，我并不糊涂，他的关注中有着浓厚的友情，却绝非爱情。"不，柯梦南，"我语音含糊地说，"别提了，我想，我们有生之年，都会想念一个人，何飞飞。经过了这件事，我们不可能再重寻那段感情了，一切都已经变了，是不是？"

"是的，"他点点头，深深地望着我，"不过，蓝采，你仍然让我心折。"

我凄苦地笑了笑。

"答应我一件事，蓝采。"他振作了一下，说。

"什么？"

"和我通信，把你的情况随时告诉我。"

"我会的。"

他站住了，我们彼此凝视着，雨雾飘在我们脸上，凉凉的，风卷起了我的衣角，吹乱了我的头发。他帮我拉起了风衣的衣襟，扣上大襟前的扣子。在这一刹那间，我们觉得彼此很接近、很了解，但，往日的一切，也从那翦翦微风中溜走了，我们彼此了解、彼此欣赏，却不是爱情！

"你真好，蓝采。"他说，"我走了之后，会想念你的。"

"我也会。"我微笑地说，"还会回来吗？"

"我会回来的，一定会回来！"他坚决地说，"这儿是我的土地呀！"

"你回来的时候，我要去飞机场接你。"我说。

"一言为定！"他说，也微笑着，"不论是多少年后，你一定要到飞机场来！"

"一定！"

"勾勾小指头吧！"他伸出小手指，我也伸出小手指，我们在雨雾中勾紧了手指头，他笑着说："好了，这下可说定了，不许赖，也不许忘！"

我们凝视着，都笑了起来，笑得像一对小孩子，一对无忧无虑的小孩子，好开心好开心似的。可是，当我回到了家里，我却哭了起来，哭得好伤心好伤心，我为所有我失去的欢乐而哭，为死去的何飞飞而哭，为那段随风而去的爱情而哭……

妈妈揽住了我，不停地低唤着："蓝采，蓝采，蓝采，蓝采。"

"妈妈。"我哭着，紧抱着她，把我的眼泪揉在她的身上。

"为什么人生是这样的？为什么我要遭遇这些事情？"

"别哭了，孩子，"妈妈擦拭着我的眼泪说，"没有谁的生命里是没有眼泪的，看开一点吧！你还年轻呢，在继起的岁月里去制造欢笑吧！"

"可是，妈妈，"我哭着说，"失去的是不会再回来了。"

"谁没有'失去'的东西呢？"妈妈说，"有的人比你失去得更多！擦干眼泪吧，蓝采，让我们一起来等待吧！等待一个充满欢笑的日子！"

"即使有那个日子，也和逝去的不同了！"我啜泣着。

是的，绝不可能再有这样的日子了，那些疯狂的、欢笑的、做梦的岁月！

第二十章

日月忽其不淹兮，

春与秋其代序。

　　岁月的轮子不停地转着，转着，转着……春天，夏天，秋天，冬天，季节如飞地更迭，一年，一年，又一年……就这样，十年的日子滑过去了。

　　十年间，一切都不同了，我们有多少变化！当年疯疯癫癫的一群，现在都相继为人父或为人母了。结婚的结婚，离台的离台，奔波于事业的奔波于事业，忙碌于家庭的忙碌于家庭，再也没有圈圈里的聚会了。非但没有聚会，即使是私下来往，也并不太多。可是，今夕何夕？今夕何夕？

　　炉火仍然烧得很旺，水孩儿坐在火边，沉思地握着火钳，下意识地拨弄着炉火。她的脸被火光映红了，依旧有"水汪汪"的皮肤和"水汪汪"的眸子。怀冰用手托着腮，依偎着谷风，眼睛迷茫地瞪着天花板上的吊灯。紫云彤云两姐妹也安安静静地斜靠在沙发中，三剑客、无事忙、纫兰都没有说话，室内显得那样静，只有炉火发出轻微的爆裂之声，和窗外那翦翦微风拂动着窗棂的声响。我们都无法说话，都沉浸在十年前的往事里，那些疯狂的、欢笑的、做梦的岁月！

是的，十年，好漫长的一段时间！这十年的岁月对于我是残忍的。首先，自柯梦南走后，我就神思恍惚了达一年之久。一年后，我振作起来了，也获得一份待遇不错的工作，在一个私人的商业机构里当英文秘书。我正以为新的生命从此开始，妈妈就病倒了。那是一段长时间的挣扎，妈妈患的是肝癌，辗转病榻整整三年。三年中，我要工作，我要侍候妈妈，我要应付庞大的医药费，而妈妈终于不治。当妈妈去了，我认为我也完了，妈妈临终的时候，曾经握着我的手说："你多少岁了？蓝采？"

"二十五。"我啜泣着回答。

"都这么大了！"妈妈唇边浮起一个满足的微笑，说，"还记得你小时候，胆子那么小，一直不肯学走路，每次摔了都要哭，我用一根皮带绑着你，牵着你走。你仍然学不会，后来我拿掉了皮带，不管你，你反而很快就会走了。"她笑着凝视我，慢慢地说："二十五，你不需要皮带了，你会走得很稳。"

她去了。好久好久，我总是回忆着她的话，每当我午夜从睡梦中哭醒过来，或绝望得不想生存的时候，我就想着她的话。是的，我该走得很稳了，我不能再摔了。咬着牙，我忍受了许多坎坷的命运，孤独地在这人生的旅程上走了下去。

可是，生命里是无梦也无歌了。我这一生，只有一次惊心动魄的恋爱。此后，这一章里就是一片空白。柯梦南刚走的时候，我们还通过几封信，等到妈妈卧病之后，我再也没有情绪和时间给他写信了。他接连给了我两封信，我都没有回复，他也不再来信了。接着，我又几度搬家，当妈妈去世后，我也尝试地给他写过一封信，这封信却以"收信人已迁移"的理由被退了回来。从此，我和他失去了联络，事实上，整个圈圈里都没有他的消息了。

但，十年后的今天，他要回来了，不再是当年那个默默无名的男孩子，而成为在国际上享有盛誉的声乐家。整个报章上都是他的消息，他将回台演唱一个星期，然后继续去意大利学习。报章上一再强调着："名声乐家柯梦南先生不但年轻即享有盛誉，且至今尚未成婚，这对台湾的名媛闺秀，将是一大喜讯。据可靠人士称，柯先生此次回台，也与婚事有关。"

是吗？谁知道呢？还没有结婚，为什么？在海外没有合适的对象吗？忘不掉十年前的一段往事吗？当然，我不能否认，他回台的消息给我带来不小的震撼，往事依稀，旧梦如烟，回首前尘，我能不感慨？！

"好了，我们研究研究吧！"无事忙打破了室内的寂静，把我们从十年前拉回到现实，"我们到底怎样欢迎柯梦南？"

"为他举行一个宴会如何？"小俞说。

"他这一回来，参加的宴会一定不会少，"怀冰说，"而且，他总免不了要吃我们几顿的，这还用说吗？我觉得，总该有点特别的花样才好，想想看，我们原是怎样的朋友！"

"起码我们要举行一次郊游，"谷风说，"像以前一样的，找一个风景优美的地方去吃吃烤肉。"

"再到谷风家去疯一疯，闹一闹，跳一跳舞，"小张接口，"当然，他免不了要为我们唱几支旧歌，这是不收门票的，你们还记得他最爱唱的那支《有人告诉我》吗？"

我们怎会忘记呢？怎能忘记呢？大家都兴奋起来了，提起旧事，又给我们带来了当年的热情。大家开始七嘴八舌地作各种建议，关于如何去欢迎那位天涯归客，如何重拾当年的歌声笑痕。大家都说得很多，要再举行郊游，要去碧潭划船，要吃烤肉，要举行舞会……要这个，要那个，要做几千几百件以前做过的事情……谈得热闹极了。只有我和水孩儿说得最少，我是心中充满了乱七八糟的感触，简直分不清楚是怎样一种感觉，酸、甜、苦、辣、咸各种滋味都有，再加上几分喜悦、几分惶惑和几分感伤，把我整个胸怀都胀得满满的，再也没有心思说话，也不知道该说些什么。至于水孩儿呢？她的沉默应该也不简单吧。五年前，她从美国回来，离了婚，淡妆素服地来探访我，那时我刚刚丧母，正是心情最坏的时候，坐在我的小书房里，我问她："你为什么回来？"

"水土不服，"她淡淡地笑着，笑得好凄凉，"我过惯了亚热带的气候，那儿太冷了。"

于是，我没有再问什么，我们默默地并坐在窗前，坐了一整个下午，迎接着暮色和黄昏。

而今，她沉默的面庞不仅唤回我五年前的回忆，也唤回我十年前的回忆，在福隆海滨的帐篷里，她曾无巧不巧地和何飞飞先后向我述说她的隐情。现在，何飞飞墓草已青，尸骨已寒，我再也无法唤回她。而水孩儿却风姿楚楚，不减当年！或者，我可以为她做一些什么，柯梦南尚未结婚，不是吗？

"想什么，蓝采？"彤云打断了我的思想，"你怎么一直不说话？你同意我们的提议吗？"

"当然，"我说，"我没什么意见。"

"记住，"水孩儿安安静静地插了一句，"节目单里别忘记一件事，我们要去何飞飞的墓前凭吊一下。"

"是的，"怀冰说，"我们是应该集体去一次了，假若……"

她没有说完她的话，但是，我们都明白她要说的是什么，假若何飞飞还活着有多好！那么，今晚的讨论就不知道会热闹多少。可是，如果何飞飞还活着，一切又怎会是今天这样的局面呢？

"我们来具体研究一下吧，"祖望一向是我们之中最有条理的人，"报上说他是明天下午五时半的飞机抵达，我们当然要去飞机场接接他，要不要准备一束花？"

"准备一束菊花吧，"怀冰说，"台湾特产的万寿菊，有家乡风味。"

"好，那就这样吧，花交给我来办。当天晚上，我们就请他去吃一顿，怎样？"祖望继续说。

"这要看柯梦南了，"紫云接口，"你怎么知道他当天晚上的时间可以给我们？人家还有父母在台湾呢！"

"我打包票他宁愿跟我们在一起而不愿和他父母在一起，他母亲又不是生母，而且……想想看，我们当初是怎么样的朋友！"怀冰又说了一次，有意无意地看了我一眼。

"好，算他可以和我们聚餐，晚上，我们一定有许许多多话要谈。那就别提了，一块儿到谷风家去吧，怎样？"祖望望着谷风。

"当然，"谷风马上应口，"一定到我家去！和以前一样！多久没有这样的盛会了，我和怀冰准备宵夜请客！"

"第一晚去谷风家，第二、三、四晚他要在艺术馆演唱，当然我们每场都要去听的，是不？"祖望问。

"我负责买票的事好了。"小俞说，"听说票已经都订完了，我要去想想办法。"

"第五天到第七天他都没事，我们一天去情人谷吃烤肉，一天去乌来，一天……"

"别太打如意算盘，"小张说，"他现在回来是名人了，难道就只陪着我们疯！"

"我打赌他这一个星期都会跟我们在一起，他那人又重感情又念旧，说不定一星期后，他根本不回意大利了。"小俞说，"瞧吧，假若我的话不灵，我宁愿在地下滚。"十年过去了，他那动不动就"滚"的毛病依然不改。

"那么，我们明天是不是分头去机场？"小何问。

"还是到蓝采家集合了一块儿去吧！"谷风说，"我们这支欢迎队伍要浩浩荡荡地开了去才过瘾，也给柯梦南壮壮声势！"

"你们猜他看到我们会不会很意外？"纫兰问。

"说不定，"紫云说，"他一定没料到我们会有这么多人去！"

"我真希望马上就是明天下午，"彤云说，"真希望看看出了名的柯梦南是副什么样子！"

"我打赌他不会有什么改变，"小俞说，"一定还是那样温温和和的，亲切而又热情的！"

"我真想听他唱！"纫兰说，"等不及地想听他唱！蓝采，你猜他会不会在演唱会里唱那支《有人告诉我》？"

"我们建议他唱，好不好？"彤云兴奋地喊着，"为我们而唱！"

"他一定会唱的！我打赌！"小俞叫着说。

"我也猜他会唱！"小何说，"还有那支《给我梦想中的爱人》！"

噢！明天！明天！明天！等不及的明天！柯梦南，他可曾知道我们今夜的种种安排吗？他可曾知道空间和时间都没有隔开他的友人们吗？柯梦南，柯梦南，你多幸运！

夜深了，我们的讨论也都有了结果，一切要等明天见了柯梦南再作进一步的计划。我的客人们纷纷起身告辞，我站在门口，目送他们离去，在他们兴奋而热情的脸上，我仿佛找回了一部分失去的欢乐和青春。望着那飘着细雨的夜空，我的情绪恍惚而朦胧。

水孩儿留了下来，我们坐在火炉旁边，静静地凝视着对方。

"蓝采！"好半天，她轻唤着我。

"嗯?"

"想什么?"

"没什么。"我摇摇头。

"我希望——蓝采,"她深深地望着我,"你能重拾往日的感情,这幕戏——应该是喜剧结束。"

"你不懂,"我再摇摇头,"水孩儿,你别忘了,十年的时间可以改变很多很多的东西,我已经不是当年心情,也不是当年的我了。"

"可是,你并没有忘怀他。"她静静地说。

"你呢?"我问。

"我?"她淡淡地一笑,"我早就把什么都看开了。对人生,我的态度是'淡然处之'。"

"我也是。"我说。

我们对视着,良久良久,她笑了,说:"无论如何,蓝采,我祝福你,诚心诚意的!"

"我也祝福你!"

我们都笑了,炉火熊熊地燃烧着,窗外有风,低幽而轻柔。

第
二
十
一
章

我们准时到了飞机场。

飞机还没有到达，但是机场已经挤满了人潮，人多得远超过我们的预料，仿佛都是来接柯梦南的。整个一个松山机场的大厅里，有采访记者，有摄影记者，有教育界和政界的代表，还有举着欢迎旗子的各音乐团体，什么音乐学会、交响乐团、合唱团、国乐团，等等。我们十几个人一走进机场大厅，都被那些人潮所湮没了。没有欢迎旗子，没有划一的服装，又没有背在背上很引人注目的摄影机，我们这一群一点也不像我们预料的那么"浩浩荡荡"，反而显得很渺小。

不过，我们也有份意外的骄傲和惊喜，小俞首先就嚷着说："哈，这么多的人！咱们的柯梦南毕竟不凡啊！"

我们四面张望着，在人群里钻来钻去，三剑客和无事忙等都高高地昂着头，大有要向全世界宣布我们和柯梦南的关系似的。人们都在议论着柯梦南，每听到他的名字被提起一次。我们就更增加一份骄傲和喜悦。怀冰捧着一大束万寿菊和黄玫瑰，笑得好得意好开心。拉着我，她不断地说："蓝采，你想得到吗？柯梦南会轰动成这样子！"

人群熙攘着，把我们往前往后地挤来挤去，虽然外面还在下着雨，大厅里却热烘烘的。我心中的情绪复杂到了极点，越接近柯梦南抵达的时间，我心里就越乱。我想，隔着衣服，都可以看到我心脏的跳动。柯梦南，柯梦南，他毕竟要回来了！衣锦荣归，他还是以前那个他吗？见了我的第一句话，他会说什么？我又会说什么？十年前他离台的前夕，我说过："你回来的时候，我要去飞机场接你！"

现在，我站在飞机场了，我没有失信，我和他勾过小指头，一言为定！见了他，我怎样说呢？或者，我该淡淡地说一句："我没有失信吧，柯梦南？"

他会怎样呢？他还有那对深沉而动人的眸子吗？他还有那个从容不迫的微笑吗？他还是那样亲切而热情吗？在这么多这么多人的面前，我们将说些什么呢？

机场的麦克风里突然播出×××号班机抵达的消息，人潮一阵骚动，全体的人向海关的门口挤去，我们差点被挤散了，怀冰紧抓着我的手，嚷着说："来了吗？

来了吗？蓝采，这束花可得由你送上去呀！"

"不行！"我很快地回答，心脏已快从口腔里跳出来了，我的脸在可怕地发着热，"我不干！还是你送去自然一点！"

人群拥挤着、呼叫着，成群的人跑到我们前面去了，三剑客在人堆里徒劳地推搡，员警在前面维持着秩序。我们无法挤到前面去，摄影记者、采访记者、电视记者和广播记者簇拥着几个政教界的知名之士，站在最前面，我们要踮着脚才能越过无数的人头，看到海关的出口处。接着，又是一阵大大的骚动，我只听到耳边一片乱七八糟的喊声："来了！来了！穿灰色西装的就是！"

"在哪儿？在哪儿？那个外国人是谁？"

"还有个外国女人呢！是他太太吗？"

我踮着脚，脑中昏昏沉沉的，眼前全是人头，什么都看不清楚。怀冰高举着花束，就怕把花碰坏了。无事忙像刨土似的用手把人往后刨，惹来一片咒骂声。小俞个子最高，踮着脚，他嚷着说："我看到他了，比以前更帅了，好神气的样子！他身边都围着人，好多好多人，那个高个子的外国人大概是他的经理人，有个外国小姐，一定是报上登的那位史密斯小姐，是帮他钢琴伴奏的……"

我伸长了脖子，只看到一片闪烁的镁光灯和拥挤的人群。小俞又在叫了："好了！好了！他走过来了！"

"哪儿？哪儿？"彤云在叫着，"我看不到呀！"

"我也看不到!"紫云跟着喊。

"他也没看到我们!"祖望在说,"怎么会有这么多人!"

"过来了!过来了!"小俞继续叫着,"他走过来了!"

人群让出了一条路来,于是,我看到他了。我的心跳得多么猛,我的视线多么模糊,我满胸腔都在发烧。他穿着件浅灰色西装,一条红色的领带,微微向上昂的头。我看不清楚他的眉目和表情,只恍惚地感到他变得很多,他没有笑,似乎有些冷冰冰。他的经理人高大而结实,像个守护神般保护着他,遮前遮后地为他挡开那些过分热心的人群。

已经有好多人送上花束了,剑兰、玫瑰、百合,应有尽有,他却一束也没有拿,全是他的经理人帮他捧着,一路被人群挤过去,那些花就一朵朵地散落下来。许多学生拥上前去,拿着签名册,都被那个经理人推开了。那几个政教二界的知名之士,正围绕在他身边,不住地对围过去的人群喊:"柯先生累了,需要休息,请大家不要打扰他!"

广播记者的麦克风也被挡驾了:"对不起,今天晚上我们有记者招待会,柯先生很疲倦,现在无法发表谈话,请各位晚上再来!"

他走得比较近了,我可以看清他的脸,他紧闭着嘴,漠然地望着那些人群。穿得挺拔、考究而整洁,神情严肃、孤高而不可侵犯。完全是个成名的音乐家的样子，漂亮，自信，高傲，冷峻。我的心脏不再狂跳，我的血液不再奔腾，我望着他，多遥远哪，隔了十年的时间！

"柯梦南！柯梦南！柯梦南！"三剑客喊起来了。

"柯梦南！柯梦南！柯梦南！"祖望和紫云也喊起来了。

"柯梦南！柯梦南！柯梦南！"无事忙也叫着。

他没有听到，喊他的人太多了，他的目光空漠地从我们这边扫过去，没有注意到我们，他严肃的脸上毫无表情。

"他听不见我们，"无事忙徒劳地在人群中挤，"这样吧，我们数一二三，然后一起叫他！"

于是，我们高声数着一二三，然后齐声大叫："柯梦南！"

"一二三！柯梦南！一二三！柯梦南！一二三！柯梦南！"我们周遭的人群对我们嫌恶地皱着眉头，甚至发出嘘声。大家依然叫着："一二三！柯梦南！一二三！柯梦南！一二三！柯梦南！"

他听见了！他的眼光转向了我们，我屏住了呼吸，他看见我了！但是，很快地，他的眼光又调向了别处，他没有认出我们吗？他没有认出我们吗？他的那个伴奏的小姐紧偎着他，他的目光冷峻地望着前方，他走过去了，没有再对我们注视一眼。顿时间，我们谁也喊不出来了。

人群跟在他后面跑，我们也下意识地跟着跑过去，怀冰手里还紧握着那束始终没有机会献上去的花束。我们跑到了大厅门口，摄影记者还围绕在他身边抢镜头，他周围全是人，我们拼命挤着、挤着……直到他被簇拥进了一辆豪华的小汽车，直到那小汽车很神气地开走了，直到一连串跟随着的车子也开走了，直到人群散了……

我们站在大厅门口，人群散了之后，才感到周围是这样地空旷。风对我们扑面吹来，卷来了不少的雨丝，我忍不住地打了个寒战。怀冰手里那束花，已经被人群挤得七零八落了，花瓣早已散落在各处，她手中紧握的只是一束光秃秃的秆子。我们大家面面相觑，好半天，没有一个人说得出话来。

最后，还是谷风耸了耸肩，勉强地笑了笑说："毕竟他不再是那个跟着我们疯呀闹呀的柯梦南了，他现在是个大人物了！"

他的话里带着浓厚的、自我解嘲的味儿，听了让人有种说不出来的感触。小俞犹豫地说："或者他太疲倦，根本没发现我们，他住在圆山饭店，我们要不要去圆山饭店找他？"

怀冰把手里那束光秃的花秆扔进了垃圾箱里，意态索然地说："我要回家了，要去，你们去吧！"

"我也要回去了。"我慢吞吞地说，看了看雨雾迷蒙的天空，心里空空荡荡的，酸酸楚楚的。

"我也不想去，"水孩儿说，"别打扰他了吧！人家晚上还有记者招待会呢，反正不能出席我们的招待会。"

"那么，"小俞无可奈何地说，"我们明晚见吧，明天晚上演唱会的票我已经买了，无论如何，我们总要去听他唱一次的，是不是？"

"好吧！那我们就散了，明晚艺术馆见吧！"谷风说。

就这样，我们散了。我慢慢地沿着敦化北路向前走，走进了暮色和雨雾糅成的一片昏蒙之中。

第二十二章

　　那是一个成功的演唱会，从各方面来讲，都是成功的。听众挤满了演唱会场，座无虚席。花篮从大门口、走廊，一直排列到台前、台上和台后。许多政界、学术界、音乐界的名人都出席了，摄影记者的镁光灯从开始闪到结束。所有的广播电台都在做实况录音，电视台也在做实况转播。掌声热烈而持久，场面是伟大的、动人的。

　　我们的座位几乎是最后几排了，因为我们的经济力量都无法购买前排的位子，而且，那些位子在开始卖票的一小时后，就早被人订完了，我们也买不着那些位子。坐在后面，我们倾听着他的歌，一支又一支，他唱得比以前好了不知多少倍，音量、音色、音质都好。显然，这十年的时间他没有浪费，也没有虚度，他是经过了一番苦练的！他的歌声比他的人对我们而言，是熟悉多了，那歌声依然充满了感情，依然有动人心魄的力量。当他引吭而歌的时候，他的脸涨红了，他的眼睛闪烁发光，他的面部又是那么激动的、易感的、充满了灵性的，我们感动地望着他，噙着满眼眶的泪，噢！我们的柯梦南！可是，歌声一完，他在掌声中徐徐弯腰，那魔术一般的灵光一闪消失了，他又变得那么冷漠、孤高而陌生，又距离我们好遥远好遥远了。

他唱了十几支歌，几乎全是各国的民歌，也唱了几支歌剧中的名曲。我们带着强烈的期盼，希望能听到一支我们所熟悉的、他往常所常唱的曲子。但是，我们失望了，他一句也没有唱。演唱会将结束的时候，无事忙按捺不住了，拿了一张纸，他在上面写：

柯梦南：

　　我们都在后面几排坐着，昨天，我们也曾在机场等待，但是，你仿佛不再是以前那样容易接触了。假若你没有把旧日的朋友都忘干净，愿意为我们唱一支《有人告诉我》吗？

　　散会后，可否在后台"接见"我们？

　　　　　　　　　　　　圈圈里的一群即刻

他把纸条给我们传观，我低声问："你要怎样递给他？"

"我现在就送到后台去。"

他送去了，我们都满怀希望地等待着，片刻，他又溜了回来，怀冰问："送到了吗？"

"他经理人接过去了。说等他到后台就给他。"

每唱两支曲子，柯梦南就要回到后台去休息一会儿，当他再回到后台的时候，我们都兴奋极了，他将要看到我们的纸条了，他会怎样？他会唱那支歌吗？他总不至于把十年前的往事都遗忘了吧？

他再度出场了，微微地弯了弯腰，他开始唱了起来，不是我们希望中的歌，接着，他再唱的，仍然不是。他的眼光有意无意地向后座扫了扫，没有带出丝毫的感情。怎么回事？

他没有收到我们的纸条吗？

散会了，他在成千上万的掌声中退入后台，我们彼此注视着，说不出心头是怎样一种滋味，他仍旧没有唱那一支歌。

无事忙叹了口气，说："他不是我们的柯梦南了。"

是的，他不是了。我们都有这种感觉，强烈而深切的感觉。

祖望抬了抬眉毛："不管怎样，我们总要到后台去吧！"

"或者，他的经理没有把纸条交给他！"小俞说。

"别帮他解释了，"小张满脸的不耐烦，"他变了！他现在是名人了，是大人物了，咱们这些老朋友哪里还在他眼睛里！别去惹人讨厌了！"

"好歹要去后台看看！"纫兰说，"假若他在后台等我们呢！"

我们去了，刚好赶上他在经理人的护持下，和那位伴奏小姐杀出歌迷的重围，走出后台的边门，钻进一辆黑色的轿车里。车中，他那白发萧萧的父亲正在那儿等他。或者，那位父亲要见到这位儿子也不容易吧！他是不是也等得和我们一样长久？

我们目送那辆车子走远了，消失了，无影无痕了。大家在街边站着，呆呆愣愣的，淋了一头一脸的雨水，然后，小俞突然笑了起来，笑得好干好涩："哈哈，好一个柯梦南，和当年真是不可同日而语了。"

"哼！"小张从鼻子里哼了一声，"我们是自讨没趣！瞎热心，瞎起劲！"

"他被名利锁住了，"祖望轻声地说，"台湾出了一个青年音乐家，而我们呢？失去了一个好朋友。"

"走吧！"谷风说，"我想，我们用不着再计划什么欢迎他的节目了。"

是的，我们用不着了，那个和我们一起疯、一起闹、一起唱、一起玩、一起做梦的柯梦南早已消失了，这是另外一个，成了名的、有了地位的、不可一世的柯梦南！接连好几天，报纸上全是柯梦南的名字，我们只在报章上看到他的消息，参加宴会，和家庭团聚，演唱会，以及他一举一动的照片，那位美丽的伴奏小姐始终跟在他身边，于是，记者们好奇了："史密斯小姐和你的私交如何？"

"我们是好朋友。"这是答复。

就这么简单吗？我倚着窗子，望着窗外迷蒙的雨雾，我想念起何飞飞来了，强烈地想念她。何飞飞，何飞飞，何飞飞——我对着窗外低唤——我们当初都发狂一般地爱上的那个人是谁？如今又在何处？

一星期很快地过去了，柯梦南也结束了他一周的回台演出，他又要离去了。他走的那一天，我们没有任何一个人去送行。当然，他也用不着我们去送行，他有的是给他送行的人。可是，晚上，大家又不约而同地到我家来了。来谈论这次的事件，来凭吊一段逝去的友谊。还是水孩儿来得最晚，带着满头发的雨珠，带着满身的雨水，带着满脸特殊的温柔和激情，她手里拿着一朵娇艳欲滴的长茎红玫瑰，站在房子中间说："你们猜我到哪儿去了？"

"飞机场？"怀冰问。

"不是，我到何飞飞的墓上去了。"她说，眼睛里漾着一层水雾，亮晶晶地闪着光。"我在她的墓前发现了这个，"她举着红玫瑰，"大大的一束。"

"怎么？"小俞问，"她家的人去过了？"

水孩儿摇了摇头。

"不，"她轻轻地说，"红玫瑰代表的是爱情，是吗？她家的人也不会带这么贵重的花去，何况连天下雨，墓边泥地上的足迹非常清晰，那是一个孤独的、男人的脚印，他去过了——柯梦南。"

我们很安静，安静得听不到一点声音。一刹那间，我们心头都充满了激动，充满了说不出来的一种感情。几百种思想在我脑际闪过，几千种感触在我心头掠过，我举头向着窗外，泪水不由自主地升进了我的眼眶，可是，我想笑，很想笑……噢，是他吗？是他吗？我们的柯梦南！

有人按门铃，秀子拿着一封信走到我面前来："小姐，限时专送信！"

我握着信封，多熟悉的笔迹！大家都围了过来，顾不得去研究他如何获知了我的住址，我抽出了信笺，上面没有上下款，只用他那潇洒的笔迹，遒劲有力地写着一支歌：

> 有人告诉我，
> 这世界属于我，
> 在浩瀚的人海中，
> 我却失落了我。

有人告诉我,

欢乐属于我,

走遍了天涯海角,

遗失的笑痕里才有我!

有人告诉我,

阳光普照着我,

我寻找了又寻找,

阳光下也没有我。

我在何处?何处有我?

谁能告诉我?

我在何处?如何寻觅?

谁能告诉我?

谁能告诉我?

谁能告诉我?

　　信笺从我的手上落下去,别人又把它拾了起来,我满面泪痕,又抑制不住地笑了。啊,我们的柯梦南,他毕竟唱给我们听了,不用他的嘴,而用他的心!噢,柯梦南!他何曾遗忘过去?他是记得太深了!他何曾失去了感情?他是用情太重了!噢,柯梦南!柯梦南!柯梦南!

"我们错了，"怀冰低声地说，"我们该去送行的！"

"我早说过，柯梦南不是那样的人！"小俞说。

"我要给他写信，"祖望说，"我们一定要给他写信，每个人都要写！我们要帮助他把那个失落的自己再找回来！"

"我要写的，"彤云说，"今天晚上回去就写！"

"没看到我们去机场，他一定很难过！"纫兰叹息着。

"电视！"谷风说，"打开电视看看，新闻里会不会放出他离台的新闻片！"

我扭开了电视，片刻后，新闻播放的时间到了，果然，有一小段柯梦南离台的新闻，他站在机场，向成千上万送行的人挥手，脸上仍然是肃穆的、庄重的、不苟言笑的。他的眼睛里有着难解的、深思的表情，神态落寞而孤高，像一只正要掠空飞走的孤雁。新闻播报员正用清晰的声音在报告着："名声乐家柯梦南先生于今日下午三时离台飞意大利，继续他的音乐课程，临行的时候，他一再说，他还要回来的，这儿有他的朋友、家人，和许多他难以忘记的东西，他一定要在最短期间，学成归来！让我们等待他吧！"

让我们等待他吧！关掉了电视，我们默默相对。都有满胸怀的感情和思念，对柯梦南，对何飞飞，对逝去的那一段美好的时光。半晌，祖望轻声地说："这正像前人的两句词：无可奈何花落去，似曾相识燕归来。"

是的，"无可奈何花落去"，这是何飞飞。"似曾相识燕归来"，这是柯梦南。我握着茶杯走到窗前，推开了窗子，我迎风而立。望着那无边无际的细雨，我下意识地对窗外举了举杯子，在心中低低地说："祝福你！"

祝福谁？我自己也不清楚。祝福一切有血有肉的人吧！祝福一切有情有义的人吧！

风吹着我，带着几丝凉意，我忽然发现，这又是"恻恻轻寒翦翦风"的季节了。

春天又到了。

——全文完——

一九六七年五月十四日夜

（京权）图字：01-2025-0195

图书在版编目（CIP）数据

翦翦风／琼瑶著．－－北京：作家出版社，2025.1.
（琼瑶作品大全集）．－－ISBN 978－7－5212－3236－3

Ⅰ. I247.5

中国国家版本馆 CIP 数据核字第 2025TQ2296 号

翦翦风（琼瑶作品大全集）

作　　者：琼　瑶
责任编辑：李　娜
装帧设计：棱角视觉　纸方程·于文妍
责任印制：李大庆　金志宏
出版发行：作家出版社有限公司
社　　址：北京农展馆南里 10 号　　　邮　　编：100125
电话传真：86－10－65067186（发行中心）
　　　　　 86－10－65004079（总编室）
E－mail: zuojia@zuojia. net. cn
http: // www.zuojiachubanshe.com
印　　刷：中煤（北京）印务有限公司
成品尺寸：142×210
字　　数：103 千
印　　张：5.875
版　　次：2025 年 1 月第 1 版
印　　次：2025 年 1 月第 1 次印刷
ISBN　978－7－5212－3236－3
定　　价：2754.00 元（全 71 册）

品　琼　瑶　经　典

忆　匆　匆　那　年

琼瑶作品大全集